写爱时光

成文贤 著

陕西新华出版传媒集团
太白文艺出版社（西安）

图书在版编目（CIP）数据

笃爱时光 / 成文贤著. —西安：太白文艺出版社，
2020.12（2023.1重印）
ISBN 978-7-5513-1910-2

Ⅰ. ①笃… Ⅱ. ①成… Ⅲ. ①诗集-中国-当代②散文集-中国-当代 Ⅳ. ①I217.2

中国版本图书馆CIP数据核字(2020)第230329号

笃爱时光
DUAI SHIGUANG

作　　者	成文贤
责任编辑	蒋成龙　姚亚丽
装帧设计	孙毅超
出版发行	陕西新华出版传媒集团
	太 白 文 艺 出 版 社
经　　销	新华书店
出版策划	陕西知遇天行文化传播有限公司
印　　刷	三河市同力彩印有限公司
开　　本	889mm×1194mm　1/32
字　　数	110千字
印　　张	6.875
版　　次	2020年12月第1版
印　　次	2023年1月第2次印刷
书　　号	ISBN 978-7-5513-1910-2
定　　价	46.00元

版权所有　翻印必究
如有印装质量问题，可寄出版社印制部调换
联系电话：029-81206800
出版社地址：西安市曲江新区登高路1388号（邮编：710061）
营销中心电话：029-87277748　029-87217872

目 录

诗 歌

03 放假的女儿与父亲

06 爱

07 故乡与异乡

08 晚安宝贝

10 给孙儿

11 爱

12 我的孙儿

13 我多想

14 给我的员工

15 祭

16 梦回故乡

18 叶和父亲

20 无题

21 爱

23 婚庆秀场

24 前世今生

25 我宁愿守护寂寞

26 爱在故乡

27　父亲

29　大年初四感怀

30　月夜

31　春天里的思念

32　把你的名字写进春风里

33　清明节

35　又一次相遇

36　无题

38　夜归

39　梦：娘

41　忆父亲

43　奔向海棠

44　陇南

45　城市印象

47　戟

48　山巅

49　晨光

50　秋雨夜

51　如果

52　秋夜醉语

53　举头望月

54　入秋

55　永远

56　沧桑的岁月

57　秋

58　叶

59　人间

61　季节

62　告别

63　晒太阳

64　妄想

65　月光

66　雪

67　冬天晨境

68　春雨

69　在雨中

70　我的春天

71　春行

72　岸上

73　列车再一次，一路向西

75　怕

76　我在春天醉了

78　夜

79　柿花

80　夜雨

82　五月快来了

83　蛙鸣

84　夜雨

85　夏雨

86　清晨

87　午后

88　黄昏

89　我和秋天相撞

90　给秋天一个拥抱

91　秋感

93　秋阳

94　落叶

95　高僧

96　一阵风

97　思考

98　灵魂

99　天上人间

101　解愁

102　生活

103　旅程

104　酒

105　美

106　晨感

108　夜

109　寂色

110　想起海子

111　鸭

112 日子

113 童心

114 一棵麦子的想象

116 生活随感

117 夜

118 台阶

119 夕阳

120 空酒瓶

121 星子

122 我总想

123 夜未央

124 等待

125 幻想

126 醉话

127 影

128 夜

129 祭夜

131 失眠的雨

132 童年记忆

133 露珠的晨光

134 偶入佳境有得

134 江中夜泊有感

135 月夜怀远

135 静夜偶成

136　夜游渭水堤上

136　星夜古塔

137　初春

137　春行

138　春夜思

138　夏日客中偶吟

139　秋夜望月有思

139　秋日偶感

140　秋雨

140　初秋夜行

141　月夜

141　秋阳

142　雪夜抒怀

142　暮寒思亲

143　冬月

143　冬梦

144　大雪

144　贺兰州宝鸡商会成立

145　独思

145　寒衣节祭母

146　夜归

146　莲

147　随想

147　英雄祭

随 笔

151 山雨

152 初春夜

153 向往春天

154 春夜

155 最后的春雨

156 夏夜

159 夏雨降临

161 秋天印象

163 秋色有感

164 秋

165 秋意浓

166 秋阳

167 秋雨

169 秋感

170 中秋节的雨

171 怀念

173 冬

175 雪花

176 雪祭

177 雨

179 武都的早晨

180 路

181 我的七夕节
183 兰草
184 指甲花
186 时光
188 蛐蛐
190 年味
194 夜遇
196 仰望
198 万家灯火
199 故乡
200 选择
201 生存随感
203 广州情思
204 寂寞
205 感怀
206 阳台
208 珍惜

诗歌

放假的女儿与父亲

三伏天的连阴雨,清爽
放暑假的女儿
如鱼得水

十点了
她藏在玩具熊后装睡
钢琴上摆满了各种袋装小吃

我喊
宝贝,宝贝
她佯装不理

抓起她
我像愤怒的猫咪
她像委屈的小鸟

我说
今天跟我去餐厅端饭
哥哥比你小的时候
每个暑假都去拖地
今天必须去

不然
不去旅游

早餐的一碗稀饭
她喝了半个小时
眼泪玉珠般落进碗里
她吞下稀饭
像要吞下委屈
秀发遮住脸颊
像要遮住脾气

雨还细细地飘着
一把伞下有父也有女
我一手打着伞
一手搭着她的肩
俩人默默无语
她走得一会儿快一会儿慢
故意淋着雨
看得我着急

到了办公室
我给她一本书
摁她坐上座椅

我说
只要你好好学习
那就不用端饭拖地
她才露出点笑意
昂头问我
她是不是我亲生的
我无言以对

上午，下午
我们俩都在学习
相安无事
晚上
我说宝贝真懂事
她说爸爸，你是第一次陪我读书
听完我眼泪汪汪
她抱着我说
爸爸别哭
明天我还来陪你

爱

你的声音
击溃了我

宝贝你在哪儿
我就想在哪儿

俗有俗的力量
爱不是轻浮的言语
是踏实的行动

翻开史书
哪个王侯将相
能保你一生平安

宝贝你有你的天空
我一直想　送给你一双翅膀
助你飞翔
永远飞翔

故乡与异乡

异乡的雨和故乡的雨
是不是同样的雨
我不知道
异乡的人和故乡的人
我却能分辨清
一个是浪漫的回忆
情深深,泪蒙蒙
一个是遗传的基因
梦长长,声悠悠

故乡啊!
是骨头在呐喊

异乡啊!
是寂寞在嘶鸣

晚安宝贝

你响亮的哭声
惊不了暗夜
来了就来了
无数的耳朵在听
宝贝你必须知道
你只是惊了一个家族的寂寞
日出的光辉是你
家族的荣耀是你
可爱的宝贝
你的路
要你自己走
虽然爷爷爸爸妈妈姑姑
姥姥姥爷都很爱你
未来还有无数的人爱你
但你首先要爱自己

亲爱的孩子
我为你陶醉
天天陶醉
因为你是我们家族的延续

春风会吹向你的脸
岁岁年年
月光会笼罩你心间
似梦似幻

哦
我亲爱的宝贝
你会经历细细的春雨
皑皑的白雪
泥泞的路
也会等你

你无须爱我
而我只能爱你

给孙儿

亲爱的宝贝
你肉乎乎的小手
在空中挥舞
每一下晃动
都能抓住一颗颗爱你的心

亲爱的宝贝
我想不起我爸爸抱我的手势
但我记得你爸爸的模样
忽然我仿佛听见你奶奶在叫我
那声音和我和你妈妈叫你一样

爱

爱是情浓缩后绽放的花
是痛过后结出的果
是酒醉后心灵的呐喊
是终生拿得起放不下的缘
是一颗颗思念的泪
是风雨过后的虹
是血浓于水的不舍
是发于心的柔情

我爱的及爱我的人啊
情和爱是人生的重心
我不向往重生
不想来世
今生有你们
有情有爱
我已知足开心
好时光哪怕只有一刻
也算我已永生

我的孙儿

似森林包裹的幼芽
像浪尖上开的水花
温暖的情
传递着爱的誓言
澎湃的血液
涌动着祖先的基因
小小的,小小的生灵
你总要长成参天大树
我亲爱的孙儿
无数的亲人
祈盼你绿树成荫

我多想

我多想做第一缕秋风
吹进你的窗
送你清凉
我多想做第一弯秋月
跃过山岗
来到你心上
我多想做一只唱歌的秋虫
飞进你的梦乡
我多想透过红硕的花朵
撷一颗露珠
送你果香

昨夜的烈酒
今日的秋阳
顺着我的血管流淌
我多想插上翅膀
翱翔在你的天堂

给我的员工

目光顺着环绕的灯转了一圈
我忽然发现
这么多人都对我报以微笑

哦，亲爱的人儿
你们的世界
我曾经来过
阵阵掌声在清秋的夜里响起

哦，亲爱的人儿
我的世界
你们曾经陪伴
悠扬的歌声里
有情有义

回头看，那大屏幕上
是你，是你们
是我，是我们

缘里有喜与泪
在温和灿烂的秋阳里
我们快乐成长

祭

一哥走了

江湖去了

但人间还在

一片哭声挽留不住曾经的风流

六加一等于七

刀光加剑影等于梦幻

平平淡淡才是人间

日出月落的循环

无须一惊一乍地恐慌

离别才是人生的真实

千年的风是否吹落你的泪眼

笑容最终会消失

恩仇也会散去

愿天堂不再有生死离别

梦回故乡

顺着曾经的路
让泥土沾满衣裳
顺着那一层层的绿
用记忆里的风回味故乡
冬日的暖阳
让温暖重新回到胸膛
埂边的野菊依然那么鲜艳

远处飘来的哀乐,悲伤
这时的我才忽然明白
我是土地的孩子
从我一出生情已被留在家乡
我不敢唱
怕惊动安睡已久的娘
我不敢进村庄
怕爱的洪流冲毁我的坚强

村口的喜鹊喳喳叫啊
不是迎接
而是嘲笑我忘了故乡
叶间的飞虫吱吱唱啊

不是赞美

而是在轻轻诉说着昔日过往

踩着酥软的黄土地

抚着起伏的麦浪

我望着夕阳下的乔山

好想

好想哦

喊一声娘，我的故乡

叶和父亲

一片秋叶
挂在冬的枝头
不知是留恋着秋
还是等着雪后的春
当它飘在风中
坠落的瞬间
深蓝的夜空是它的牵挂吗
当落地的那一刻
它是否听到了骨头碎裂的声音

落叶的那一刻
我想到了父亲
他操办了儿子的婚礼
他见证了女儿的幸福
但他不愿离去
不愿离去呀
他的孤独挂在枝头

他只能回忆春风
他只能思念朝阳
他只能聆听夕阳中的歌声

父亲像枯叶
但一直把向往坚守
也许真正落下的时刻
我们能听到他今生
最爽朗的笑声

无 题

灯光的思念疯长

夜逃到了窗外

闪烁的星光收留了一片深蓝的海

等待

再等待

那片月光徘徊

又一次洒下洁白的爱

爱

爱一座城
只是为想一个人
前世是情,今生也是情
爱有多种原因
也许是少年时看到的一幅美人图
也许是见到邻家姑娘的娇容
我的爱除过亲情
剩不下多少

渭河冬夜的水流
如蛇身在动
我只想做河边的草
一岁一枯荣

我忽然
想到了海子的诗
面朝大海
春暖花开
又想到了
舒婷的花朵
红硕感性

我发现
我的家教
左右了我
只能循规蹈矩
想爱吧
只能在漫长的暗夜
一寸一寸摸索前行
企盼到达爱的巅峰

婚庆秀场

把幻影和梦
寄托在一条十几米长的 T 台上
用一生去丈量

把自己交给对面的他
便有了诗和远方
这是给爱造梦
给情编织故事
红色里激情奔放
白色中纯洁飘荡
闪烁的霓虹把每个人的心思隐藏

音乐响起
大厅里熙熙攘攘
长辈们盘算着钱包
晚辈们憧憬展望
每个人都徜徉在欢乐的气氛里

窗外冬雪纷飞
室内春暖花开
诱惑如那长长飘起的婚纱
滑过每个人心上

前世今生

前世是谁欠了谁
不知道今生
我用一双温暖的手
能否牵引那两世深情的爱
我不想她今生还有痛苦
但无苦哪有甜
我的纠结像冷风中飞扬的枯叶
也不知命运将做怎样的安排
我对她的爱像火对冰的恋慕
只能远远地关怀
愿月光的柔情能驱散她心里的雾霾

我宁愿守护寂寞

我宁愿守护寂寞
守护着心海里的回眸
哪怕夜黑到了尽头

我宁愿守护寂寞
守护茕茕孑立的背影
哪怕冷包裹了一切

我宁愿守护寂寞
守护泪水曾浇灌过的沙漠
哪怕凛冽的风再次吹过

这不是一个凄美的爱情故事
只是寂寞时唱在心里的歌

爱在故乡

一丛丛枝丫
伸向冬的天空
犹如人间无奈的手
没有云,雾霾
压着失色的庄稼
我只能管理千变万化的情绪
却无法抚平
乡情的伤

清澈的水冻着,凛冽的风吹着
冰冷的世界里
我诚惶诚恐
我无法分清
是笑,还是在哭

我稍清醒
才发觉爱
一直留在故乡

父 亲

哦，父亲
我想让你再见一个春天
哪怕花瓣终会落入泥中
我也想让你早日脱离痛苦
哪怕我内心百般不愿
矛盾让我筋疲力尽
你的梦里是否有我

哦，父亲
我知晓
深深的夜里
你熬着春夏和秋冬的痛
你无神的双眼已成空洞
那空洞里曾有无限深情的爱
我知道啊
亲爱的父亲
你爱着我们

哦，父亲
你的记忆忽远忽近
你会忆着桃花春风

也会忆着爱过的痛

哦,父亲
我只能摸着你早已无力的手
但你内心的坚强却能打动我的心
哦,父亲
你能否再次听见春的声音

大年初四感怀

一年的艰辛不易总会被春节温暖
因为岁月又会长出一个春天
现实的日子不停歇地黑了明了
从今天到明天
明天又成为今天

每个生命在喜怒哀乐里开花结果
生老病死演绎着悲欢之歌
有的人走了
如同花落
留下了朵朵思念
新的生命来了
如春风拂过神州
生机浸漫河山

登高仰望西天
静心聆听梵乐
收起你的悲伤，看吧
迎着春风的黄花已绽放在来时的路上
那肯定是萱草和椿树给我的希望

月　夜

从昨夜你寄来的月光里
我知道了你的消息
我静静地不敢出声
怕惊动那满世界的思念

春天里的思念

春日里的你又一次拥抱了我
思念的路走了四十九天

麦田一片接一片
绿色满溢
跪在埋你的麦田上
我无心留恋春风那一浪又一浪的狂欢
只怕它把以往的岁月吹散

你在人间只留下
黄土坟头
还有百天、周年的祭日
以及让儿女们思念的深渊

把你的名字写进春风里

执一束春光做笔
蘸无尽相思的墨
把你的名字写进春风里
让桃花映红你的脸
让露珠镶嵌你的眉尖
让草绿沾染你的裙边
让星光映照你的眼睛
让丝丝春雨浸润你的心田
我要做一只
湖心里的鱼
守着你那片湛蓝的天

清明节

爸爸，妈妈
今天清明
虽没有如泪的雨
但我的相思
乘着满目的绿意
又来到你们的安息处

人世间的清明
难道只是烧纸的缘分吗？

桃花开了
妈妈，您永远最温暖
大地绿了
爸爸，您永远最高大

我忽然想起奶奶
曾经常念叨的一句话：
死了，死了，就没有了

我真不相信
纸做的衣服能穿

一亿元的冥币能花
这一切
只是让我别忘了
曾经的来与去

清明应该有雨
既然是阳光淹没了春的清明
我无须悲伤
这日子
是爸爸妈妈
留给我的念想
活着才是人间最大的希望

又一次相遇

又一次相遇在春天的街口
你的眼眸里
写满了多年的忧愁
此时夕阳的金辉映照天地
就像你我的信任丰盈在胸间

吃火锅的热情
喝白酒的辛辣
各自又回到了雷池岸边
欢笑自然而然
泪水不用遮掩
现实的残酷让浪漫走远

又一次分手在街口
转身春雨降落人间
你我都不忍心回头
怕雨水误解了泪水的咸

无 题

四月的天蓝得纯粹
云白得惊心
所有的绿都熟透了
阳光把鸟鸣过滤得清亮

我静静地站在村口像个影子
不敢回忆过去的细节
怕寂寞坍塌把我埋葬

街道上没有一个人
所有的树叶忽闪地鼓掌
花喜鹊翅膀上阳光灿灿,流云也在飞
每挪动一步我都慌慌张张

庭院的月季已开败
叶子却茂盛生长
我无法想象
无人陪的花开有多么忧伤

案上的尘土似乎想把记忆封埋
上一炷香想把天堂人间的路连上

洁白的孝衣也无法罩住我深深的伤

田野的麦浪像岁月涌去
埂边的黄花把思念拉得更长
两座黄土堆和北边的乔山一样荒凉

四月是人间最好的时节
田野充满希望
可我只能把爱留在故乡
奔走远方

夜 归

夜深的时候
雨来了
滴滴清凉
我顺着蜿蜒的路
归来
黑色的夜
黑色的雨
跟着我的热情流浪

树叶在光影里
交头接耳
黑色的风在发鬓边飞扬

我今夜的无眠
有淅淅沥沥的雨陪伴
真想在按响门铃的那一刻
听见童年的笑声

梦：娘

昨夜
隐隐约约梦见娘
没有情节
我忧忧伤伤
思念隔着坟茔
想见又见不到的凄凉

听妻讲
儿子昨夜也梦见了娘
情节完整
娘在曾经生活的十五楼
拉着他的手
笑吟吟不语
娘和生前一模一样

听朋友讲
他昨夜也梦见了我娘
但和他无关
他看见娘看着我
远去的背影
他能听见风在耳边呼呼作响

今天

我经过故乡

没有去看娘

但看见了

她和我曾经共同

生活过的地方

我像到了梦里

没有勇气下车

我知道那感觉

不是地狱

便是天堂

回到夜里的城市

我又喝醉了

更加想娘

朦朦胧胧的月光里

有数不清的陪着她的时光

忆父亲

曾经
父亲是个普通的粉刷工
他洁白的背心上永远都印着
"劳动光荣"
国家尊重，我也光荣
职工食堂的白米饭、青椒炒肉片
香啊

放暑假了他开心
我也开心
多年了
他身上的香皂味
想起还是那么好闻
他开心的笑容
让我梦了又梦

父亲退休了
似乎建筑工人也都退休了
在他们身后
无数的高楼虽拔地而起
但对建筑工人的尊重和他们的笑容

却被经济大潮的浪抛得无踪无影

父亲走了
他们的时代也已远去
我铭记着他的教诲
"劳动最光荣"
"体力劳动和脑力劳动只是分工不同，
都光荣"

在烈日的季节里
在迷茫的夜空下
找不到出路时
想起父亲的话我便有了生活的动力

奔向海棠

太阳明晃晃地亮
云飘在空中
麦苗由绿转黄
随风欢呼
每一颗心
人的，兽的
归来离去
永不知疲倦的路伸向远方
淡淡紫烟，似灵魂在飞
飞过一座座荒芜的坟茔
飘向梦中的故乡
我不敢敲门
怕惊了娘曾亲手种下的
那株
满眼孤寂的海棠

陇 南

你看了我一眼
我就掉进你五彩的霞里
云在跑
风含笑
虽然夜已来临
雾漫山坡
但那一眼会变成闪烁的启明星

长长的隧道
一条接一条
高高的山脊
一波连一波
我像火车
我像荧光
一直穿梭在心窝

城市印象

绿意被无情挤压
生命被践踏
生长旺盛的楼房
交头接耳地说着各种低级的笑话
无数正在崛起的大厦
工作中的塔吊
像秦人横扫六国的戟
刺向天空
挑战着苍天
显示着人类的伟大
倒是知了没那么多想法
夏来了
它自然要歌唱它的盛世年华
知了,知了,知了
热浪在渐渐涌来
一个夏接着一个夏
暴雨阵阵袭来
一朵雨花接着一朵雨花
又一个崭新的早晨来啦
人们又要奔向热流里
和现实厮杀

好一个城市
好一个无情的夏

戟

还是那刺向天空的戟
它不停地转动
像一支寻找目标
将要离弦的箭
它不敢刺下太阳
因为那就毁了后羿的功绩

山　巅

浓浓的月色

如梦境

滚滚的江水

似流年

登上高耸的山巅

掬一捧光明

饮一杯秋风

梦见

如叶迷蝶

在寂寞深处轻轻地呢喃

晨　光

晨光用温柔的舌头
轻轻地舔食黑暗
渐渐地，光明又一次来临
黑与白的光阴啊
掠过雪白的床
疲惫的鞋
我追着生活的帆
乘着灵魂的船
一天
一年

秋雨夜

秋雨在夜里诉说着
一场寒的故事
低沉的声音落在窗棂上
节奏明快的小夜曲
抚平了多少忧思的梦

秋雨淅淅沥沥地哭泣
是成熟过程中的辛酸
还是闻见果香的感动

无数的雨滴
滴落在夜色的怀里
暗黑色的夜
看不见的雨
只能感到时间在分分秒秒堆积、消逝
犹如秋季
在成熟中得到
在得到中消逝

今夜秋雨如梦

如 果

如果生活是过去时
回忆便是你的全部
或苦或甜
无法更改

如果生活是现在时
苟且是你无奈的选择
或痛或悲
只能忍耐

如果生活是进行时
幸福寄托给未来
或成功或失败
只有等待

过去的已过去
眨眼间已是未来
如果活着是一种宿命
那么花开花谢终有时

秋夜醉语

今夜我又醉在清秋
凉凉的风袭来
惊了那一汪秋水的平静
秋虫依然倾诉
我只能想象收获后的景象

没有星光
也没有月亮
眼前将黄未黄的秋叶在私语
我的慌恐
如撕裂的叶面上留下的痕

秋夜包容了秋雨的凄凉
点点的雨落在脸上
霓虹和酒张狂
秋虫的鸣响
像长了翅膀
拍打着我满眼的泪光
秋来了
丰收的岁月
永远充满理想

举头望月

月亮已经很累了
几千年的诗词寄托
几千年的爱恨离合
爱了，散了
她无辜地承受
嫦娥会烦
玉兔也会躁
没人知道吴刚的感受

入 秋

举一杯淡淡的美酒
邀心中的桂香
撷一段花开的时光
去看那中秋的月亮
吹不散的缥缈紫雾
停不下的秋虫共唱
没有星月的中秋夜色里
袭来阵阵寒凉

永 远

修炼成水的模样
让时光流淌
那倒影里的浮华
莫要留在心上
山还是那山
亲吻云朵
水还是那水
或浊或清
但流年呀流年
穿越一道道人浪
轻轻滑过发间
由深到浅
诉说你我他的故事
直到永远

沧桑的岁月

在自己的情怀里散步
让阳光照耀在心上
风里有花香
情里有渴望
一粥一饭里没恐慌
一哭一笑里不假装
在苦行僧般的修炼里成长
度过春去秋来的时光
还是初心的模样
在渐渐沧桑的岁月中
看开生与死的迷茫

秋

秋总是徘徊在丰收和离伤之间
用春艳丽的色彩
用夏积累的能量
充盈那硕大的粮仓
秋唤醒了所有的成熟
用萧瑟无情的风
用冰凉凝结的霜
迎接那满目的秋黄

静静的秋水映着人间的风光
小小的秋虫吟唱着爱情的迷茫
原来秋来和秋去是一个模样
不是内心的欢愉
也不是指间的冰凉
而是不喜不悲的心境

叶

还没细品夏的热情
转眼已到深秋
叶
是弥留在枝头的叹息
是飘在空中的迷茫
是落入泥里的深情

每片叶都拥有过美丽的一生

人 间

我用最后的惊艳来诠释美丽的一生
飘落在沉默的大地上

我见过蓝天和蝉亲吻
我见过阳光的明媚和月光的朦胧
我见过雨雾的朦胧和雪霜的洁白
我见过曼妙的微风
我见过惊天动地的闪电
我见过美妙叠加的幸福
我也很向往红硕的花朵
我也很盼望做五彩的梦

可我只能是一片叶
也会金黄
也有绿衣
泥土是我的归宿
依附大地我才可重生
但我也有不屈的形象
柏叶、松针、竹叶，四季常青
亲爱的人间
有谁能看看我身下的土层

哪一层没有埋藏过我的青春

一年又一年
春去夏来
秋去冬生
我只能随着四季
去适应自然的循环往复

我用一生
看人间的悲欢离愁

季 节

在春绽放的时节

有谁能想起冬蕴藏的能量

当秋的果实飘香

有谁会记得夏的热情奔放

当四季挣扎轮换

有谁会看到鸟虫的悲伤

有谁会记得那雨那风那霜那水的寒凉

熙熙攘攘的人浪

一浪消逝

一浪高涨

岁月这把刀

刀刀见伤

只能把那静好的时光刻在心上

告 别

秋去了

在飘叶如蝶的梦里

冬来了

在黄叶铺地的时光里

季节站在岁月的十字路口

用冰凉的时光

雕刻着冬的模样

时光依旧匆匆

告别秋天

迎来冬天

祈盼春天

一年又一年

晒太阳

陪着楼顶的雪里蕻晒太阳
我们都在吸收能量
它想把阳光锁住珍藏
我却想把岁月酝酿
甲虫匆匆忙忙
它在翻动着我童年的记忆
希望下一场洁白的春雪
雪里蕻更绿
我的酒更浓
虫儿在春梦中睡得更香

妄　想

近四十年
冬总是会用秋的颜色装扮岁月
让秋生死难料
让自己前途不明
还有昨夜到今晚的雨也说不清归属
《道德经》讲的哲理深邃
春夏秋冬
只是时间的轮回
宇宙的道啊
几千年的道啊
真的是什么都变了吗
难道人也会男女不分
善良诚实的美真成笑柄
那就等等看吧
希望冬下一场真正的雪
覆盖一切丑陋
最好山崩海啸地摇
把自然和人心的恶埋藏

月　光

掏一片月光捧在手心

是童年的神话

还是嫦娥的轻纱

不管是什么

都把它装进衣兜

是神话

就享受浪漫

是轻纱

就送给童年时的她

雪

冬天来了
自然要等雪飘的时刻
等待一场大雪
像在等待一位逝去老人的亡灵
又好像在祈盼一个即将诞生的婴儿
愿天堂人间能一样洁净
孕育出来年春的太平

冬天晨境

寂寞被黑色凝结

风也被冰冻了

雾霾继续盛行

又一个没有雪花的早晨

被慌乱的灯光惊醒

冷从四面八方袭来

车流如蚁军

从灰色爬向灰色

我把昨夜梦里的诗词忘得一干二净

蜷缩在冬的季节里

仰望天空

等待精灵降落

春　雨

雾漫过时
雨细细地下
一切都在静默
无法挣脱雨缠绵的柔情
大地也醉了吗
为何你绿色的衣襟上满是泪痕
春雨呀
别急着醒来
和我一起睡个懒觉吧
去梦里听花开的声音
相拥五彩再次出发

在雨中

春雨密密的针脚
用慈母般的柔情
给出阁的季节
缝一件嫁衣
绿意的欢喜铺天盖地

燕子如细细的画笔
滑过天空的寂寞
柳枝伸向深情的大地
画卷铺展，墨色飞扬

我在雨中
听着河水明净的心里话
随着凉凉的风，顺着倒春寒
走过从前的伞下
捧一朵刚刚落下的梨花
听春雨沙沙又唰唰

我的春天

听说太白山下大雪了
漫山遍野
我仿佛看见了春天的痛

南方的油菜花也应该开了
开出大片的金黄温暖天际
我仿佛看见了春天的爱情

今晨我听见了火警的笛鸣和喜鹊的叫声
竟听不出这春天里的祸福

随着晨光的脚印
去林间寻春
才发现春天的鸟儿们早已翻飞枝头
那鸣唱层层落下
此起彼伏

土地广博
有鸟飞落的地方肯定是个好地方
春天的到来
往往会顺应人的心情

春 行

阳光照进心里的时候
迎春花便在对面的崖畔上微笑
春风满世界地疯跑
去逐一唤醒那压抑了许久的生命

我静静坐着
抖落的暖阳
温暖了脚下星星点点的绿

岸 上

依旧在那岸上
露珠还未醒来
满眼含着昨夜的月光
不知是痴情
还是忧伤

太阳隐在云雾里
如灯影微亮
叽叽喳喳的鸟叫声
让柳林发慌

我坐在老地方
一遍遍观看和季节约会的影像
绿水悠悠
雁雀飞翔
能否带走我可笑的离伤

列车再一次,一路向西

列车再一次
一路向西
将我带进这突兀的春天
座座黄土山
没有绿色的陪伴
更没有对花的依恋
依然傻站在天边

绿皮火车已被动车抛得好远
好远
荒凉景象朝后飞奔
像流逝的岁月
一年又一年
山河依旧
爱意如烟
我已难以忆起三十年前的少年

金色的夕阳不停地在窗外变幻
渲染着一座座荒山
我没动
但列车飞奔

一静一动
穿梭在这春天的夕阳里

列车再一次
一路向西
带我去找那黄土高山上的少年

怕

大阳已落在了墙外
金色的余晖透过窗户照进房间
柔和的光芒映在书本上
白纸雪白，黑字乌黑
我静静地不敢翻阅
怕书里美妙的诗句被夕阳带走
怕春色被寂寞淹没

我在春天醉了

我爱这春天
爱这醉了的季节
几许风
几许暖阳
我必须镶嵌在这短暂的时光里

昨夜的风雨
只是春天发的一次小小的脾气
不管是倒春寒
还是渐逝的情谊
都会触动我惴惴不安的心

在春天重启的日子
南望秦岭
北望油菜花田
无须酒
春色里便有我投降般的醉

静静地抚摸人间的疮疤
我在淡淡的云里飞
冲破一团团迷雾的阻挡

让压抑的情在今日飞翔

今日
我醉在春天的怀里

夜

转身的瞬间夕阳就消失了
那只常来的喜鹊在房檐
抖了一下翅膀就飞远了
打开台灯
黑色被驱向四周
我知道鸟儿们已归巢
公园里的人们正在撒欢
喝酒的醉了
没喝的也醉了
都要离家
去夜色中摆脱孤单

夜色叠加的时候
人兽尽散
星光已落湖面
守着这快吹尽的春风
面对着天黑水暗
放声一吼
惊了一对野鸭
它们鸣叫着飞向黑色的林间
我只好踩着孤单的影子
去万家灯火中找我的港湾

柿 花

夏季来了
她藏在浓稠的绿里开放
没有人关注她的白天和黑夜

一朵朵厚实的黄花
围裹着一个个青涩的果
没有人知道她们
何时飘落

满城的阳光
满城的绿
只有她凝视大地

荒凉的童年啊
她仿佛是夏天唯一的花
秋风瑟瑟时
她是唯一诱人的果

如今的梦里啊
她常常戴着草帽
穿越童年的夏
来到我身边

夜　雨

一

总有一滴雨会打在心上
总有一份情会刻骨铭心
雨滴暗藏在无尽的黑色里
谁也无法辨别
是否晶莹
是否透亮

听雨，听雨吧
轻轻地把手伸进夜色
那一滴滴清凉
来了又去的忧伤
还会落在心上

想把手电筒
扔进雨里
让光去照亮
我深深爱着的远方

二

一场柔情的雨

也洗不掉人间的苦涩
我将我的自由
藏进这窃窃的私语中
也许黑色的声音
会唤醒我
曾经的爱

五月快来了

五月快来了
夏天不像夏天
雨总是辜负麦子的希望
一场接着一场地下
春天的绿和春天的阳光
总是压抑着田野里要成熟的黄
布谷鸟却从早到晚慌张地叫着:
算黄算割,算黄算割

槐花早已散尽
山顶的云像群羊疯跑
一个个麦穗仿佛营养不良
风总想把麦浪弄出些声响
让虚假的丰收歌唱
蚂蚱肯定也会被除草剂除了
喜鹊飞过田野时寂寞也扫过村庄

五月快来了
夏天不像夏天
站在青黄不接的田野上
我总是在回想从前丰收的景象

蛙 鸣

我静静地坐在池塘边
总想在声音的曲线里
寻找童年
夏夜的蛙鸣还是那么嘹亮
远远近近
高高低低
从水面弹起
黑色在蛙鸣里蔓延
淡定的我
竟然听出了深深的寂寞
想抓住那无忧的快乐
却拈起一把水草

夜 雨

我总无法判断夜雨
声音的颜色
或欢乐的橙红
或忧伤的乌黑

我的心思
夜雨总能猜透
一滴一个故事

也许叶子都知道
夜雨像千军万马袭来
也许如浪思潮知道
夜雨像电闪雷鸣般震撼

千万江河流过今夜
千万花朵开了又谢

我站在窗前
迎着紫雾的清凉
细细地轻抚岁月留下的伤

夏 雨

我无法相信连绵夏雨的谎言
它说
回头去找春天
它又说
早早看见了秋天

每个生灵都见过
热情而奔放的夏
像酒醉的汉子
不喊一声,不闹一番
怎能睡去

细细的雨洒下
我能分清春雨的柔媚
更知道秋冬的悲凉
但今夜连绵的雨
骗不了我
更骗不了火热心肠的夏

清　晨

是的
鸟儿醒来的时候
太阳也起床了
一束束的阳光雕刻人间
明明暗暗
所有的颜色在跳跃着
色彩斑斓
天色越来越蓝
一望无际的蓝
秦岭横跨天边
南方北方的早晨啊
都应该忘了以往的苦难
两条如龙般的江河哟
迎着光明正涌向海岸

午 后

城市被困在热浪里无法浪漫
到处是空调可笑的气喘
狗困鸟倦
人间到处火焰山

一片乌云从西北山巅蔓延
一会儿把蓝天席卷
云雀像墨点翻动
天空抛下零零散散的雨点

团团的云朵飞奔向南
眼看着翻过秦岭
此刻的北方
它正如日中天

黄 昏

黄昏的时候
蝉鸣塞满了树林
鸟儿飞去湖边过夜
一朵云吞下了所有的阳光

路边的狗尾草
摇摇晃晃地等待着它的命运
一只蛐蛐停在石头上
是否在等待月光

内心的风声
隐藏在童年的故乡
寻觅失去的时光

我和秋天相撞

爬过草原
翻越山岗
我和秋天相撞
春天已经走远
无须管它山高水长
远方的路弯弯曲曲
无须管它承载多少希望

爬过草原
翻越山岗
我和秋天相撞
拥抱秋草的黄
虽然它已零落
分享夕阳的美好
虽然它也要翻过山岗

让秋雨打湿眼眶
和秋虫一起鸣唱
把露珠叫醒
守候心中升起的那片月光

给秋天一个拥抱

给秋天一个拥抱
把岁月珍藏
收获所有的过往
回忆幸福
绿叶终会枯黄
品味痛苦中的甜
似穿过雾霾的桂花香
大雁一行行
伟岸的青山又怎能阻挡

给秋天一个拥抱吧
一个季节容纳不了所有的月光
缠绵的雨最终遮不住阳光的明亮
缠绕的黑色夜风
又怎能吹走灯火阑珊处温暖的希望

给秋天一个拥抱吧
倾倒所有的爱恋
守住夕阳中的那朵云霞

秋　感

我怎么能用酒的热情
进入秋天
夜里还有春的韵
夏花刚刚走远
我像秋虫般寂寞
没资格回忆
曾经的爱恋

哦，命运
何必隐藏发泄的情
辛酸的现实中
有忘不掉的
晃来晃去的思念

在无垠的天空里向往吧
星光是回眸的眼
爱一直在天边
我从来没有抱怨

明亮的灯近在眼前
我只有坚持地看

才能把曾经的纯洁

记在心间

秋　阳

被楼房切割的阳光
碎落一地
明亮的温暖落在庭院里
秋叶被轻柔的风揉搓着
飘摇、飞落
但愿
这飞落的伤痕
别搅乱晒暖暖的老人们的
午后时光

落 叶

我也知道

最悲壮的时刻

是我离开枝头的时候

人们对绿的呼唤只在冬季

从深绿摇曳到金黄

我照顾鲜花

守护果实

像爷爷对孙子的情谊

也许

此刻

我还抓着枝头瑟瑟作响

也许

此刻

我已被流言一遍遍碾碎

但我无怨无悔

只是

盘旋在空中的时候

我难以忘记

曾经的蓝天

天上的鸟儿

以及它们在我梦里的样子

高 僧

塔尔寺的高僧来了
慈祥和善的老人
细细弱弱的声音
从眼神里涌出
慈祥睿智之光
身披袈裟的他像一团飘动的红云
亦像父亲
今日相见是几世修的缘分
坐在他身边
祥和自在
我虽没有下跪
但在第一次
眼神交会时心已膜拜
我知道
佛是袈裟里的肉身之外的存在

一阵风

一阵风在结冰的河面上扑了空
又在河边的林子里扑了空
光滑的冰和黑色的枝干
都无法理解它的温柔
在路边一座楼房墙角的阳光里
它和两片枯叶相遇
叶子残缺,风也残缺
一只毛茸茸穿着红色马夹的
白色小狗跑过
风也跟着它跑远
只剩下两片枯叶紧紧相拥

思 考

雨一直下着

打着夏的旗号

早上扮着秋

晚上似乎抱着春

三伏的异象

不是天灾

是人祸

回望历史

水能载舟

亦能覆舟

灵　魂

把细碎的心思
抛进月光的梦里
让清风袭来
把疲惫的身躯
吹向朝阳的光芒中
让回归的灵魂
踏着鸟儿的足印前行
直到天荒地老

天上人间

我不忍心
告诉天上的月亮
人间的悲伤
月亮告诉我
天上和人间一样
人间有化蝶
天上有吴刚

其实心动
是浪漫
是理想
是向往
月亮还是那月亮
嫦娥引着多情的你我
陷入了现实中的情伤

拾一把月光
捧一汪清泉
给醉了的自己
找一个地方

梦里

若有明亮

有你有我

有美好的畅想

那就可以飞翔

解　愁

在清风中
采一路的芳香
让山脊驮着梦起伏
把人生的寂寞抛向明月
泉水会顺着我的心思
一直流呀流
流进你的眼眸
去解开那千古的愁

生 活

爱像一串串逗号
在人间游来游去
情像一簇簇感叹号
在世事里蹦蹦跳跳
生活啊
像停停走走的双引号
你逃不脱
跑不掉

旅　程

我不知道
真实是过往中沉淀的美好
还是现实中的寂寞
不管是什么
时光不会停歇

我不知道
幸福是眼前的欢愉
还是心灵深处的慰藉
不管是什么
生活还得继续

我真想知道哟
向往美好的灵魂
是该投降
还是该苦苦的坚守

我必将在孤独的路上前行
不能辜负了这世间的旅程

酒

难以拒绝醇香的诱惑
一杯杯倒进胃的欲望里
辛辣刺激在翻滚
愁变得多情
乐直上云霄
面红心跳
魔一样的水呀
是我的污浊玷污了你的纯洁
还是你隐藏的罪恶侵蚀了我
看着满大街摇摇晃晃的影子
他们和我一样
用魔驱赶心魔
都是清醒惹的祸
想醉了
醉了好

美

用夜的智慧点亮黑暗
让白日的白不再孤单
其实什么都没有改变
美只在戴上面具
或拿掉面具的瞬间出现

晨　感

清晨背对阳光
漫步在渭河滩
踩着我的影子前行
影子如我的魂魄

去年被推平的河滩
满目疮痍
没有一丝绿，泥沙苍白

在掉落广告牌的河水里
野鸭成群游荡
偶尔有几只水鸟飞向雾霾蓝的天空
可能是去追逐阳光的颜色

三三两两的垦荒者
翻耕着用树枝圈起的沙地
像翻耕着苦涩的生活

太阳忽然隐没在云里
人间没有了阴影

惊蛰已到
盼望着一声春雷炸响
惊醒那沉睡一冬的绿色

夜

车流声
漫过寂寞的夜
使夜变得更加生动
每盏灯火深处都藏着一个或几个
疲惫的灵魂

夜是最清醒的
那静谧
仿佛是来反衬白天机械的匆忙

细想想
生活的智慧
就是暗夜里
一个烟头的明亮

寂 色

寂寞似黑暗中的一束光
静静地抚摸忧伤
似清晨山间的小溪
匆匆地迎来又送往
似一朵悠悠飘过的云彩
轻轻地诉说离伤
似一只长途跋涉的孤雁
缓缓地落进寂寞的夕阳
哦！夕阳
夕阳的光芒里满是离伤

我能看到这悲凉中的希望
却无法阻挡内心涌来的寂色

想起海子

那娇羞的回眸
深藏了多少离愁别绪
那沸腾的挣扎
隐含了多少人间爱情
三生三世的情哟
只为在今生相遇

风中飘落的花
顺水流下
竟想起了海子的诗
面朝大海
春暖花开

鸭

我只是在我的岸边
梳理羽毛,呼唤同伴
宽阔的湖面接纳着美和丑
我无须取悦他人的目光
只在乎同伴间的爱恋
我喜欢春天的草芽,夏天的虫子
秋天的果实
也喜欢朝阳和晚霞
还有掉进湖里闪光的星月
我常常会忽略冰封的季节
和漫天的雪花
我接受现实的白天和黑夜
我从来不羡慕飞过天空的天鹅
这就是我的生活
我在幸福中度过

日 子

总想让平淡的生活
变得丰富
可贫瘠的内心开花太难
已绕道而行的过去又陷入今天的泥淖
不敢回忆苦难
怕污染了这美好的春天

一层又一层的日子
黄了又绿
岁月一手推着
一手拉着向前
槐花正盛的时候
暖风已涌向了夏天

把自己放进
月色正好的时节
听花开虫鸣的暗语
让日子过得有声有色

童　心

梦里都想长大的你
怕黑夜里的鬼怪
羡慕鱼儿的水性
向往雄鹰的英姿

你的童心是成年后的你
坚守的净土
阳光里没有杂质
大地一目了然

你的童心是一簇
点燃理想后
热烈燃烧的火苗

你的童心是黎明时埋下的一颗种子
只有黄昏的霞光才能唤醒

一棵麦子的想象

一棵孤单的麦子和金色麦浪
包容着多少
种
收
晒

站在一望无垠的麦田中的农人
怕虫
怕旱
怕灾年

愁收成
愁雨来
愁粮仓修缮
他们没有时间去欢呼、去畅想

今夜
淡淡浅浅的月光照着
收割完的麦田
一片苍凉寂寞
辛苦的农人在梦里回味着甘甜

我不是文人

不是富商

不是农人

我只能怀念曾经那

麦芒刺进肉里的痛痒和

留下的伤

我只能

一头扎进这忘了我是谁的现实

让微风伴着月光

让泥土伴着麦香

让灵魂永远在故乡

生活随感

阳光塞满了房间
寂静得让人心疼
此刻我无心再诅咒夏阳的毒辣
只留恋灼热的爱

那只常来的喜鹊在墙头叫了一声
飞走时带走了一朵流云
仿佛诗集里的阴郁也被带走

窗外的阳光越发炽白
蓝天快要塌陷
白云挂在枝头
我不知道没有金色麦浪的田野的感受

现实从时间的针眼里穿过
像金鱼吐着一个又一个的气泡

夜

又一片轻描淡写的月光
落在心上
想埋掉黑夜的伤
云的手捂不住
回眸间的
眼泪汪汪
向西飞奔的
人儿
洒下一路的星光

台 阶

爬上一层层台阶
似乎过了一把瘾
烈日炎炎
每块石头都纹路清晰
欲望的终点
永远也到不了头顶的蓝天

夕 阳

回首间
夕阳的一半泼向河面
另一半则涂上柳叶
形单影只的白鹭把蓝天衬托得更寂寞
我又要踩着自己的影子
一步步把思念丈量

空酒瓶

用最温暖的语言
围成圆
长幼有序而坐
眼色是最直接的心照不宣

利益的谎言
把情缘说穿
你不是你
我不是我
仿佛每个灵魂都相见恨晚

性格是最大的敌人
醉是最低的成本
喝进去豪情
吐出来苦难

在夜色的掩护下
智慧与愚蠢同行
半夜清醒时
何必追问那空酒瓶倒向哪边

星　子

夜空中总是有无数的星子
因为人们忽略了阴天的日子
就像我天天把美好怀念

每一颗星子都是一个灵魂
流星划落
人间多了一份苦难
灵魂升空
天上添了一颗寂寞的星子

星子啊
时隐时现
天上宫阙似人间
人间却在心田

我总想

我总想
用语言描述人间
欲开口才发现太难

我总想
把思念寄给远方
行走间才知道天涯无边

我总想
在文字的海洋里找寻真理
走到那片古老的海边
才发现那一撇一捺并不简单

我总想
去莲花的梦里遨游
但到了佛前
终于看清"舍"字的半截还留在泥潭里

夜未央

登上楼顶
俯瞰被霓虹鼓动的城市
白天生硬无趣的城和现实
现在妩媚多情
我带着憧憬深陷回忆……

一只白色的鸟
带着紫色的风划破蓝天
忽然,所有的霓虹约定般塌陷
黑色大片大片袭来
世界和我一起被抛弃……

风凉凉的
一个旋律又一个旋律地吹
西天边一颗明亮的星
一弯细眉的月
在慢慢升起
星月下的街道
灯火阑珊
盘碟声、酒杯声四起
我知道
那已不是我的世界

等 待

阳光正浓
似乎一切都在等待
等待夏天轰轰烈烈的爱

风在树叶间穿梭
童年历历在目,笑声依旧
所有的影子蜷缩在
母体的怀中不能自拔
鸟儿遁形,鸟鸣却玻璃珠般弹射
击中树下的乡愁

河水东流,流经上原的路口
远方那朵云下的麦浪
会不会
再次等待
等待浪子归来

幻　想

夜色的迷茫

总能让人幻想

幻想时光倒流

幻想一直在心间的

涌来涌去的爱恋

幻想再次拥有一个温暖的怀抱

无奈的时光明了暗了

无情的岁月去了又去

幻想在回忆里复活

农历四月

是最好的季节

幻想桃红满地

幻想绿柳重荫

幻想的翅膀总要展开

也许是乘着舒爽的风

在梦里碎片般的场景中

梦着还梦的梦

幻想之后依然希望

真爱永存

醉 话

夜摇碎了灯光和云彩
酒说,走着走着就散了
我为何如此清醒
再响的歌声
也掩不掉
今夜的月光
和睡莲的梦

夏夜的温柔
一步步离开
你我不知
也无须知

我说
来了,去了
没了就没了
何必痛苦一生

月已落西山
你我何必
苦苦地纠缠人间
在东南西北中迷失

影

直对光源
除过刺眼
还有忽略的痛
童年的视角
纯情而甜美
清晰是最大的过错
我只能原谅光和色彩
或许还有成熟的假象

风来我摇曳
雨来我哭泣
顺其自然的脚步
快乐和其他无关
哪怕别人说
我不靠谱又能怎样

我是影
背影
剪影
倒影
我就喜欢我的黑色幽默

夜

我的矫情总是被夜色纵容
秋虫唱响庭园
星星在楼顶上眨眼
五十多个春秋岁月啊
像风从鬓边白发吹过的瞬间

远处有清丽的笛声婉转飘来
我在天空的蓝里
描画它主人的容颜
一首多情的《渴望》
让我想起刘惠芳曾经给我的温暖

鱼儿从湖里跃起
也许不是缺氧
黑色的湖面荡起一层层细浪
鱼儿是否和我一样
也想在静静的寂寞里
矫情地唱

祭 夜

我画不出今夜的秋色
更容不下今夜悲戚
和风柔柔地从肩上滑过
虽然已忘却前几日的寒流
可今夜啊
泪水
纷纷又纷纷地在落

十字路口的烟火
升腾着灵魂
安抚着思念
我无颜再看
秋阳流过麦田的颜色
那嫩绿只能在梦里
慢慢地显现

我知道秋萧瑟后的结果
花落有泪
果落有伤

今夜万般寂寞

只能用香火
把人间的传承维系

我躲在浓浓的黑色里
数着星星
一颗又一颗
唤着内心无法言说的
曾经爱的承诺

失眠的雨

夏的午夜里看不清你晶莹的泪花
没有风声
也没有雷鸣
没有白天的喧嚣
也没有世俗的嘈杂
滴答滴答
看不见你滋润万物
也看不见你汇聚河流
隔窗只能感到你幽灵般落下
失眠的心儿倾听你的回答
滴答滴答
夏夜失眠的雨啊

童年记忆

时间抛弃了痛苦忧伤
只留下童年的美好成长
心拽不住时光
泥泞的路旁总有花香
童年的快乐像春风一样

田野里是金子般的阳光
深山里小溪清亮
清澈的眼神
如花的脸庞
随着岁月而变得迷茫
时光啊你慢慢流逝
让童真永留心房

露珠的晨光

在现实的生活里
我们总在盼望：以后
总是以为以后的日子很长
一天、一年的以后
也许是一个荒凉的坟冢
每时每刻的过往及人儿啊
瞬间都遗忘
忘了阳光的温暖
忘了风的歌唱
只记得你鬓角的霜
用心看看那清晨的露珠
此刻也许她的眼中有你的幸福在流淌

偶入佳境有得

曲径通幽有洞天,白云绿水入山间。
小橙树下乡音异,心如山泉不想还。

江中夜泊有感

素莲皓洁倚云岩,江水如镜照客帆。
两岸虫儿竞相语,紫烟寒露湿青衫。

月夜怀远

月夜桂花香,雾漫秋水凉。
虫鸣喧夜色,露白泛银光。
又值团圆日,何持寂寞觞?
举目星光远,秋到客思长。

静夜偶成

群山暗夜静如墨,起伏鸣虫草中梭。
莫道人间无是处,青峰托月碧云过。

夜游渭水堤上

霓虹如织灿,鱼儿相逐闲。
顺流徐步远,追月一开颜。

星夜古塔

龙吟千古去,归海天地宽。
蝉鸣春风来,年复又一年。
鸟飞青天近,壮志舞云端。
心随朝霞远,星流古塔寒。

初　春

新月初上柳梢头，初春午夜寒不休。
路上醉客匆匆归，几人欢喜几人愁。

春　行

湖色春风群鸭行，鸟鸣翠柳一阳新。
琴歌欢唱深林里，桃杏含苞喜向人。

春夜思

明月照西楼,凭栏忆旧秋。
风过青鸟路,梦断白苹洲。
十里春庭暗,万家灯火愁。
遥思秦岭雪,渭水正东流。

夏日客中偶吟

苍昊带斜暾,青山留水痕。
风来蝉愈噪,媚柳抚喧尘。

秋夜望月有思

醉依金桂闻残香，秋悲藏月暗隐伤。
人间团圆年年有，只见万家灯火忙。
秋虫凄凄夜茫茫，金蟾泣泪日日凉。
玉兔寂寞紫纱帐，独坐亭台扮吴刚。

秋日偶感

莫道秋光无绮色，秋风深处暗凝香。
春荣秋悴时多变，又遣天心转艳阳。

秋 雨

一

点点秋雨寸寸凉,一眼葱茏一眼黄。
何时虫儿不言语,凄凄风中雁南翔。

二

斜雨紫雾裹衣寒,独撑伞杖听秋声。
落叶小径回眸望,瑟瑟秋风笑人生。

三

渭水银波花千朵,层层涟漪迎秋风。
孤雁掠影如帆过,蒙蒙烟雨染乾坤。

初秋夜行

流云星月共凝情,风送孤蝉夜气清。
酒醉何寻宁静处,荷塘独步听蛙鸣。

月 夜

月色浓浓入我堂,秋虫唧唧不成章。
台前独坐从何忆,一寸清光一寸伤。

秋 阳

鸟戏枝头叶,思绪风中畅。
秋送相思意,无须暗自伤。

雪夜抒怀

月映残雪寒,风吹孤影单。
霓虹闪烁处,恍惚又一载。

暮寒思亲

秦岭眉染雪,渭水眼含霜。
喜鹊立枝鸣,暮色罩天光。
寒摧飞叶落,家中麦畦荒。
袅袅炊烟处,村口等亲娘。

冬 月

冰雪若初心，白云秀玲珑。
天上宫阙寒，地上风霜冷。
同在寂寞冬，互诉人间愁。
月上月下人，思念几时休。

冬 梦

天愁冷霜寒，叶铺小径远。
鸦鸣风声紧，水瘦芦苇散。
岸上人影单，喧嚣似冬眠。
一帘幽梦短，醒来又一年。

大　雪

大雪素无颜，劲风枯枝寒。
渭水漫无边，何日到长安。
秦岭飞银链，苍鹰巢穴眠。
人间冷暖事，飞雪渡年关。

贺兰州宝鸡商会成立

神州盛世逢阳春，西府儿女聚金城。
共贺兰宝建商会，黄河岸边扎深根。
莫道创业艰难日，喜看今日硕果丰。
策马驰骋前程好，再创辉煌佳绩呈。

独　思

无纸沙书代，有心慰阳春。
独处思己过，轻步莫须嗔。

寒衣节祭母

门上铁锁半年凉，庭前菊花满地黄。
架下丝瓜十来个，尘土枯叶墙角荒。

轻拂案前蛛丝网，清洗遗像镜上霜。
躬身叩拜香一炷，手扶炕沿泪满眶。

素孝一身奔坟茔，送娘冬衣驱寒凉。
清泪满襟添新土，一路青烟上天堂。

长啸一声唤亲娘，瑟瑟枯草风中扬。
麦苗青青路漫漫，村口伫立送斜阳。

夜 归

云压青山低,鸟鸣麦田荒。
金风翻绿影,孩童打杏忙。
晨炊烟火旺,新麦仓中藏。
夕阳染寂色,细月拢沧桑。
疾车一路歌,酒消情爱伤。
暗处霓虹明,天边细思量。

莲

一宵夏雨惊梦醒,抱羞含露出尘来。
应谙心迹别今古,梵音隐隐幽抱开。

随 想

鹰击长空几千米,脚踩乌云看晚霞。
一梦跨越千里路,夜雨花城午夜茶。

英雄祭
——悼岐山英雄侯天祥

周公故里英雄在,舍己为人魂天外。
春风化雨花带泪,人间处处有大爱。

随笔

山 雨

山雨总是来得很突然，刚刚还是风和日丽，虫鸣鸟叫，瞬间，山脊上便涌起了大片乌云。借着风势，乌云像野马奔腾，像浓烟滚动，迅速地遮挡了日光，侵占了蓝天。紧接着，雨便随着雷声倾盆而下，密集的唰唰声越来越响。树枝在风雨中轻轻摇曳，雨滴在每寸绿间跳动，青石上溅起了朵朵晶莹的雨花。虫儿、鸟儿们躲了起来，散心的游人也四处逃散，躲进了农舍里。

雨越来越大，天色却渐渐明亮起来。交叠的绿叶间无数的光点闪烁，林间变得通透婉约，诗意浓郁。所有的颜色变得温润多情，雨水顺着地势流淌，水势时而迅疾时而舒缓。哗哗的流水声淹没在无尽的绿里，也把多情的人儿带向了远方……

雨猛然间就停了，金色的阳光铺天盖地，天蓝到了心里，白白的几朵云挂在天边。晴空中掠过几只飞鸟，它们如精灵般舞蹈。人们又欢天喜地地疯跑起来，去迎接大自然的恩赐！

初春夜

　　夜色依然，只是浓浓的年味已渐渐散去，我又沿着走了无数次的渭河岸边漫步。渭河周边的人工湖都蓄满了水，湖面如镜，倒映在水中的灯火熠熠变幻，那虚幻的孤独感层层飘向我的心中！水流的声响如歌，我不知道它们是因解冻后而快乐，还是命运使然！

　　我已习惯了在夜色中独行，行走让我的思想变得单纯。夜的黑让我的世界缩小到触手可及，这个时候我很感激这黑色里的五彩霓虹，因为黑夜容易让我寂寞，虽然霓虹的假意偶尔也令人生厌，但它能够陪伴独行的我。

　　白天的一场春雨让大地静谧了许多，在潮湿的河边能听到野草种子的呐喊和春芽稚嫩的挣扎声。这些声音细腻神秘，神圣而富有诱惑。生活肯定预先知道我喜欢什么，它会让这"喜欢"守候在我经过的路旁，我会用全部的身心去收获这份惊喜，无须担心对错！

　　黄色的迎春花已开，一朵，一簇，一坡。夜色让她更显娇媚，那交错的褐绿色的枝蔓似乎也网不住她奔向春天的心。似乎有鸟儿在轻鸣，哪一朵花的背后会是它的窝？

　　风吹过，枯草窃窃私语，柳枝的绿已和着水中的霓虹油彩般荡开，我坐下来随着那波光摇曳！

向往春天

不咸不淡的日子一页页翻过，抬眼间春色已漫山遍野，苦涩如丝般抽离，诗意慢慢升腾，一切都是新鲜的模样。心被那嫩绿拨动，情被那桃红李白浸染！是啊，春天真的来了，生活也应该变得多姿多彩，有声有色，有希望！

希望总是在走投无路时出现，在繁华谢幕后复燃。一切付出都因美好幸福的愿景而奋不顾身，也不管现实会不会把自己撕票。所有坚定的信念必然有浪漫的诗意和情怀支撑，不管你知道不知道，明白不明白，它一直存在。

在城市的钢筋混凝土里囚禁久了，人性的良善会被挤压得支离破碎，初心也会变得功利而迷茫，我们总会找无数个理由来解释自己的无奈，掩饰自己的茫然。

当天空洒下一片暖阳，当鸟儿唱得百花开放，当春水碧波荡漾，当一切美好来临时，我们又捧着新的希望欢呼地起航，把自己流放在春天的路上！

春 夜

  细细的春雨在急急的风里飘飞，雨点随着风向在夜色里忽东忽西地旋着，它也不知道要落在何处？所有的光影似乎都被打碎，一会儿被抛起，一会儿被摔落，不由得让人怀疑起春天柔美的个性。粉的、白的花瓣裹挟着去年残留的枯叶浪般漫卷，我似乎看到了自己的渺小。所有细小的声音都被粗暴的风声覆盖，就像暗夜覆盖微光，一切都无法阻挡，这使我的阅历里又多了一个无奈。

  夹杂雨星、尘土的风涌向我单薄的身躯，衣服膨胀起来，我像被扒光了似的羞愧。伞被风推着向前，我无法淡定优雅，也无法顾及诗情画意的情致了！

  以前，我极爱柔美的春天，更爱细细的春雨。后来，可能是年龄心境的变化，才有了敬畏自然的心，才觉得春天也应该有脾气……

  几十年的风霜雪雨，几十年的电闪雷鸣，直到今天才感悟到一切都在变化，在生存中求变，在变化中生存！

最后的春雨

细细的雨在窗外轻轻地低吟,那密织般的诉说,让人分不清时间是来了,还是去了。

葱茏的绿意也遮掩不住夏天要来的消息,这可能是春天最后一场雨吧!季节的转换总是令人寄予厚望,这个季节的遗憾总想在下一个季节弥补!

所有的绿色都油光发亮,啁啾的鸟鸣在紫色的雨雾里响来响去,没有一丝风,雨滴直直地落在每寸绿里,那雨声的合唱如梵音飘向心间。

桃儿、杏儿、梨儿藏在浓密的叶间,不知是交头接耳地密谋着成长,还是在窃窃私语地倾诉爱情的忧伤!

细长的小路伸向远方,远方的一切被紫雾包裹,河水欢乐地唱歌,唱的仿佛是几千年前《诗经》里的爱情!

春花散尽,绿意成熟的时节,春天将要谢幕,夏天将闪亮登场。这可能是春天最后的时光,不管是对爱情的不舍,还是对未来的向往都无法停止时间的脚步!

这最后一场春雨是春天对田野的眷恋吧!绿色的麦子在雨里波涛般起伏,一层落下,一层又涨,从眼前到天边,细听似乎能听见麦子叭叭的拔节声。一只喜鹊落在田间的梧桐树上不停地歌唱,所有的麦子似乎也被歌声感染,共同把丰收唱响!

夏 夜

一

水塘里蛙声齐鸣，夜色里泛着紫色的光，蓝黑色的天幕把枝叶衬托得分明。田野里的麦浪失去了金黄的色彩，在风里奏出飘忽不定的声浪。村庄里灯火阑珊，门户紧闭，静悄悄的村庄里，农人们早已进入梦乡，狗儿们也睡了，偶尔有雀鸟的一两声鸣叫和公路上急匆匆过往汽车的亮光。

远远看着那空城般的村庄，每个出走的游子都会泪眼汪汪，这里有祖先，有爹娘，有童年的记忆，有丰收的盼望，有龙口夺食三夏大忙的冲动……而如今的白天和夜里竟然空空荡荡！

夜色越来越寂寞，听不到蚂蚱曲线般的鸣唱，闻不见紫色苜蓿花的香，我摸着一株麦穗，那麦芒直直地扎在心上！

二

夏夜总是美好的，在遥远的深蓝里繁星耀眼，微风如丝般轻盈，此时此刻情思就像潮水般荡漾，轻轻地一浪追着一浪！仿佛身体已虚化，只剩下思绪在紫色的雾气中慢慢散开！

万家灯火影影绰绰，远处的霓虹灯在一盏一盏地消失，夜色里寂寞层层袭来。但荷塘是不会寂寞的，远远地就听见蛙声沸腾！走得近了些，那些夏夜的精灵们会戛然收声，蹲下来等一会儿，它们又试探性地东一下西一下怯怯地发个单音，又过了一会儿，它们认为安全了，便会忽然间再次集体发声合唱。荷花在微弱的光里一闪一闪地起伏，仿佛它也放弃了淑女般的雅静，和青蛙们玩疯了！我无法知晓青蛙们是在歌唱生活，还是在讴歌爱情，但可以肯定它们是快乐的！听呀！听听呀！那一阵阵歌声钻进了心窝！

河水的歌声似乎比白天更加响亮，似玉珠滚落，似铜锣轻响，粼粼波光犹如音符在跳动！忽然羡慕起这一江能够在沿途遇见美好风景的水，以及它涌向大海那一刻的激昂！

夏夜总是美好的，虽然看不见金色麦浪，但心里清楚丰收在望！

三

夜色总能把错误谨慎地包容，一切绿色在夜晚最为厚重。天色的蓝总是被闪烁的星打碎，真的希望月光照亮那忧郁的思念。

田野里的麦浪用起伏的声音奏响辉煌，没人能听出它们的悲伤！蚂蚱也会偶尔应付性地把委屈鸣唱！

村庄在犬吠中静静地孤独睡去，曾经闪亮锋利的镰刀在墙角已被风雨锈蚀得斑斑驳驳，草帽在墙头的木杈上晃荡。村口的池塘早已被土地庙取代，香火似乎从未断过。

时代进步了,季节没变,夏夜没变,奔涌的热浪疯狗样乱窜,蜿蜒的河流顺着人们的忧伤流浪!

夏雨降临

一场暴雨后,老天爷像伤了心,淅淅沥沥的小雨下了好几天还没有停下的意思,这在三伏天是少有的天气,雨水透透亮亮,空气也清清爽爽,气候反而有了春秋的感觉。

昨夜如歌如诉的雨还在下着,和着几声鸟鸣的落雨浸润着清晨的每个角落,好惬意舒服,床使人留恋!

天色灰白,雨斜斜地飘扬,漫天漫地润润朗朗,如蚁的车流涌动奔驰,轮胎摩擦地面的声响比平时大了很多,每辆车身后拉起了朦胧的水雾,使烦躁的城市增添了浪漫雅静。

虽然有少许凉意,但大街上人们还是盛夏着装,男人们短袖薄衫,女人们彩裙飘扬。五颜六色的雨伞有人撑着,有人收着。行人们少了平时的匆忙,多了份淡然平静,少男少女同一伞下,让人想起了各自的爱情!

绿意更浓了,每个叶片油光发亮,翠色欲滴。地面上的草儿鲜嫩茂盛,雨珠颤颤悠悠地挂满了叶尖,使人不忍心踩踏,只好绕道而行。群群麻雀画眉融在林间的绿意里啁啾跳跃翻动绿浪。我静坐在幽静深处,竟忘了雨,忘了尘世,似乎进入仙境天堂!

浑浊的河水滚滚奔流,翻起了无数个黄色的浪花,渭河变得凶猛狰狞如鬼怪,平日的鸟儿们不知去了何方,拦水闸全面开放了,使人想起了"道法自然"一词,是啊,尊重顺应自然的法则是多么重要,只有尊重它,才可能有机会改造它。治国做人应该是一理吧!

天气预报说,还有半个月的阴雨天,虽然对熬三伏的人们来说是个好消息,但如果四季乱了,自然乱了,人世间也就乱了吧!

秋天印象

秋天，蝉鸣总是令人心烦生厌，但断断续续的声音每次都能唤醒我对小时候家乡的秋的记忆。

那时，初秋算是农闲时节，除过给玉米、高粱施肥，没有太多农活。中午的太阳很毒，出伏以后短期回热的日子人称"秋老虎"，但早晚有温差，时不时有微风送爽，不像现在从早到晚溽热无比。

村子周围绿树成荫，家家门前都有一两棵大树，有土槐、楸树、椿树，也有叶子阔大的泡桐。微风吹过，树叶轻拍似无数的手在鼓掌。树上的小虫、知了在深深浅浅地唱着，远处大路上的杨树叶子翻着耀眼的波浪。树下的大青石、大白石上坐着老爷爷、老奶奶，小孩子们疯跑着，那绿荫间明晃晃的斑驳阳光洒到人身上，那光斑的形状就像村主任家刚买回来的花牛犊身上的花斑。

吃过午饭，十几岁的我和伙伴们相约拔草。提上草笼偷偷出门，娘还在后面追着喊："狗娃哟！千万别到水库去耍水！"她还没喊完，我们就跑得没影了。

我的家乡在乔山脚下，三沟六坡说的就是我们那儿。三沟的每个生产队都修的有水库，以备天旱时浇地。放暑假后小小的水库便成了我和伙伴的天堂。穿过大片的田地，顺着羊肠小道我们就下到了水库。水库像鱼塘，面积不大但水很深，水里有鱼，也有老鳖。水库两岸长着绿油油的鱼草,我们那时不穿内裤,光溜溜的就下水了,先用水闷闷肚脐,这样不会受凉。天很热,水确清凉,我的小伙伴大多不会游泳,都在浅水区打水漂、抓鱼玩。我是八岁那年用父亲的自行车轮胎学会游泳的,水性最好,敢从一丈高的山崖上朝下扎猛子,能抓着水底草,能潜到对岸,还曾在水里救过一个小伙伴。

耍水成了我们这一代人最重要的童年记忆。

疯够了、野累了,我们就躺在草地上晒太阳。耳朵里进水了,就找一块发烫的石头,贴在耳朵上,我们歪着一跳,吱的一声,耳道就通了。玩了很久,我们才急急上沟去拔草,这时西天边红彤彤的太阳正慢慢下落,田地间万道金光洒下,蛐蛐满世界地疯叫着,泥猴似的我们钻在一尺高的玉米高粱地里寻草。猪最爱吃的是单蔓花和刺茄,单蔓花吹着紫色的喇叭,刺茄长着刺。草笼才装了一半,天就黑了。凉凉的秋风吹来,田野里的禾苗呀、草呀、树呀都在响动,我们心里怯怯的,怕撞上鬼呀、狼呀,就急忙往家跑。溜进家门,直奔猪圈,娘也是睁只眼闭只眼,我知道她心知肚明。

吃过晚饭我跟着堂哥去捡蝉蜕,在密密的树林里堂哥左手拿着手电,右手拿着长长的竹竿,一棵树一棵树地找,他戳下一个,我提着笼笼捡一个。天色黑蓝,星星明亮明亮的,捡了有七八十个时夜已深了,猫头鹰凄厉的叫声吓得我心惊胆战,喊着要回家,我想晚上有可能会做发财的梦吧!蝉蜕是药材,拿到代销店能卖钱,那可能是我今生的第一笔收入吧!

秋每年都来,蝉鸣时我的记忆便飘向故乡!

秋色有感

湛蓝明亮的天空白云朵朵，一阵阵轻盈微凉的风不知从何处漫卷而来，泛黄的柳枝有了醉意，绿影下的人儿也心旌摇荡。聒噪的蝉儿不知何时隐藏了，大地上的颜色越来越浓郁，果色诱人，果香芬芳，迷人的收获的秋啊，牵动着无数人间成熟后的惆怅！

秋天是悲壮的，它从酷暑难耐的夏接过滚烫的炙热，用鸣蝉秋虫安慰疲倦的岁月，用清风明月的诗情画意抚平人间的创伤。

秋天是悲壮的，秋还未完，凛冽的风便裹挟着凛寒来袭，风横扫大地，黄叶翻卷，秋只剩下了伸向天空的枯枝和冰凉的秋水。

秋天必然是悲壮的，虽然它也曾山花烂漫，层林尽染，果实累累，但冬天一来，还有谁会记得秋，到那时所有的心愿都会涌向春天！

秋

秋到了这个时日算是完全熟透了,所有的绿里有了淡淡忧郁的黄,人们的着装多了成熟稳重少了俏丽轻飘。城市还是老样子,马路上车来车往,大街上人群熙熙攘攘,一切井然有序;但乡下的景象却天翻地覆,一派繁忙!

这是个收获的季节,这是个播种希望的季节。广阔的田野一望无际,一片片苞谷地像挺立的士兵排列的方阵在柔柔的风里站岗,一片片果园弥漫着香甜的芬芳,一片片肥沃的土地在播种机的犁铧下翻着波浪。田埂上熟了的柿子像一串串橘红色的灯笼挂在树上,远远近近的人们像移动的旗子星星点点地布满了整片大地。明媚的金色阳光充满天地,像温情宽厚的母亲包容着一切。哦!母亲!母亲般的阳光,母亲般的大地,她播下理想,收获希望!

这是个成熟的季节,清凉的风抚摸收获后的田野的忧伤;这是个思念的季节,田畔盛开的野菊花摇曳着炫目的黄;这是个值得回忆的季节,因为希望一直在路上!

夕阳的金光映照着农舍的西墙,光线明亮,街道上老人们的影子被拉得好长,好长。我忽然怀念起少时秋种秋收的景象,热泪盈眶!

秋色还在流淌,果香还在飘荡,但我却找不到秋收时苞谷的甜香和娘!

秋意浓

秋绚烂成熟后便显示出它的儒雅沉静，虽然从盛放的顶峰渐渐滑向萧瑟，但那种淡然包容的胸怀如这天地，广阔无边。

清凉的风穿过那金灿灿的叶的间隙，满树的光斑摇曳，比起春天的鲜花更显妩媚动人。偶尔有一两片落叶飘荡在风中，虽然有谢幕的忧伤，但没有追悔的遗憾，它们演绎着平凡而完美的一生。

清澈见底的秋水里印着蓝天和飘过的朵朵白云，不久又飞过一行大雁。那泛着银色浪花的河流，没有留恋岸上盛开的野菊花的惊心的黄，它和那岸边多情的人儿，一路向东，欢乐唱歌。

田野一望无际，细看脚下，早种的麦子已发出了嫩绿的芽，那千万个顽强的新绿在瑟瑟的秋风中昂首挺立着，这星星点点的生命很快会打破这旷野的寂寞，战胜这秋的荒凉，用滚滚的绿浪，给人间以新生的力量！

秋用它的成熟守护希望，用它飘落的金黄叶片哺育着肥沃的土壤，用它凝结的霜滋润着大地蕴藏的生命。

秋有了它该有的辉煌，虽然秋虫的鸣唱在渐渐减弱，但那低声浅唱里不全是秋伤，更多的是对生命的渴望和对生命不屈的颂扬！

秋　阳

　　前几日连续的阴雨天使秋天到来的脚步加快了些，阴霾遍布天地及人们的心里，萧瑟的秋来了，好多人已穿上了棉衣。今日是农历霜降，天气却忽然转晴，阳光明媚，微风徐徐。楼顶的阳光则多了几分灼热，偶尔有游丝般的风滑过，在橘黄色的围墙里，阳光更加明亮温暖。头顶的天湛蓝无云，太阳金光炫目，楼外街道上的雪松，摇曳着绿意，冷库压缩机的嗡嗡声仿佛排解着寂寞！

　　秋阳在此刻正好，少了夏阳的狂躁，少了冬阳的清冷，更没有春阳的娇媚，像一个成熟而多情的少妇，温婉可人。让匆匆袭来的悲摧暂停了步伐，大街上的人们欢快了许多。田野里麦苗的绿在温暖的金色阳光浸染下更惬意了吧！

　　背对着太阳晒了半个多小时，额头、脊背上竟冒出细细的汗来，身旁小圆凳上的画有兰花的玻璃杯里的陈皮茶汤汤色黄亮，烟灰缸、香烟、打火机放在书本上。我望着墙上自己的影子，开始出神。员工推着拉货的板车咣咣当当地经过，望着他们的背影我又感激又内疚！那情绪像镇静剂一样抑制着我的浮躁！

　　阳光渐渐西移，下半身已没在阴影里，只有上半身还布满秋阳，压缩机还在响着，温度到了它会自动停下来，但我还在秋阳的照耀里享受着！

秋　雨

一场缠绵的秋雨使浮躁的大地平静了许多。雨里带着风，风里裹着雨，所有的绿鲜亮了起来，清清爽爽的气息扑面而来，人们的心思也活泛起来。人们把这种喜悦藏在心里慢慢品味，他们要么在雨里轻轻地漫步，要么在窗前静静地聆听，安恬惬意使人随着淅淅沥沥的雨声忘了时间，忘了这残酷的人间。秋天真的来了，收获的季节啊，一切似乎都会变得圆满！

堤下河滩上的野草茂盛，欢欣肆意地生长，它们的绿意漫过每一寸土壤，曾经曲径通幽的小路被封堵，人迹罕至，后来成了鸟儿、虫儿们的天堂。细细的风雨飘过，所有的绿都起伏不定，满世界的唰唰声。露珠们不甘寂寞，滚动着，颤抖着，落了又聚，聚了又落，每一颗仿佛都充满了对绿叶和大地的情意。忽然，一只受惊的白鹭鸣叫着冲天而起，在灰色的天幕中划出一道道痕迹，叫声悲戚！但它勇敢地冲向风雨的傲气却令人钦佩！

渭河的水面暴涨起来，浪头凶猛涌动，人工湖的拦水闸全部打开，滚滚的黄汤奔涌而下，站在桥上，轰轰隆隆的声音振奋人心，这才是河水该有的模样。一阵阵清凉袭来，沁人心脾！雨还在下着，河面上飘着浓浓的雨雾，远处的高楼笼罩其中。置身在这烟雨蒙蒙的旷野中，雨滴敲打心门，在这情意绵绵的季节里,谁又能逃得过相思呢?

秋雨来得正好,一切果实都会在风雨里变得饱满,虽然风雨过后的树下会有一层层悲伤的落叶,但阵阵果实的芬芳总会激励我们去挑战下一场到来的风雨!

秋　感

秋天让岁月沉静下来，葱茏的绿色由青转黄，所有果实都低下了头，弯下了腰，所有的一切都体现了谦卦的内蕴。紫色、黄色的花朵儿都隐在低凹处陪伴鸣虫，似乎这是个谁都能把握的季节，没有谁想加快步伐去掩埋黄叶。秋天到了这个时刻，应该是最平稳低调的，哪怕中秋即将到来，也引不出像春天到来时的欢呼！仿佛一切都成熟了，该静静去品尝，慢慢去体味，也许甜，也许苦，但无论什么结果，也都是收获吧！

天空湛蓝，悠闲的白云东一朵西一朵地飘着，像人们不慌不忙的心思。阳光正好，不冷不热，蝉鸣随着微风忽儿忽儿地飘过，似乎排解着秋的寂寞，荷塘里的枯叶凄凉，但一个个莲蓬晃动着小脑袋毫不在乎！很奇怪庆丰收的青蛙为何收起它们的叫声！

斑斓的日子摇曳着，人们踩着细碎的现实，翻飞着沉重的翅膀继续搅动着虚实相间的生活，寂静的秋色将包容一切好与不好的心情！

一阵阵清爽的秋风经过，不知它在哪着落，但肯定都会带走人间燥热！秋色正好，不是吗？

中秋节的雨

回眸间,中秋节又飘然而至,人间又要热闹一番,赏月庆团圆。

查阅古代诗词,很少有描写中秋雨天的诗句,可能古人也怕中秋无月更寂寞,"一场秋雨一场寒"的凄凉吧!"中秋人圆满"的寄托深深地嵌入了人们的心中,月光里有爱的祝愿,有无限深情的思念,有翻越无数山川才找到的港湾,有亲人团聚庆丰收的呐喊,有舍去以往烦恼的释然!

中秋的雨还在飘着,晶莹的雨滴伴着凉意迎面扑来,像一声声思念的问候!静心聆听,似乎有千万只蜜蜂在飞舞欢呼!我怎么能错过如此的景象呢!

枫叶的艳红、银杏叶的金黄被缠绵的风雨摇曳在层层熟透的绿意里,更显娇媚多情。你看,飘飞的叶子像一只只红的、黄的蝴蝶在空中起舞!你听,一两只秋虫鸣唱童年的时光,多么浪漫的秋天,多么惬意的节日啊!

中秋的雨是嫦娥喜极而泣的泪吗?这雨有没有带着桂花的清香?雨包裹着万家灯火的明亮,一盏灯一次团圆,一块月饼里有一轮明月的美满。轻雨叩窗棂,室内推杯换盏,斟满酒,今夜无眠,爱在人间!

怀 念

天寒了，水冻了，人冷了，冬至来了。但地没冻，雪没飘，这似冬非冬的冬，使我在梦里常常回到童年、少年，泛起对那时冬的印象！

那时的冬天啊！雪花翩翩如棉絮般飞舞。早晨起来，哇！白雪皑皑，天地间银装素裹，那晶莹的白踩上去咯咯吱吱。抓一把蓬松的雪，舔一口清人，然后滚个雪球，拍瓷实捧在手里，不忍扔掉，直到那冰凉刺得手疼，才高高抛起摔碎，把冻得通红的小手塞进厚厚的棉裤里，放在暖暖的小屁股上暖热，然后又冲进那冰天雪地里去撒欢。农村小孩很少堆雪人，喜欢打雪仗，最有趣的是憋一泡尿，在雪地上随意地尿着、"画"着，那一道道"黑色"的勾线热气腾腾，勾完了再端视它像个人还是兽，一直疯玩到汗流浃背，湿了棉袄才回家。回到家赶紧爬上热烘烘的大炕，钻进奶奶的怀抱。娘在院里骂着："这脏娃娃又把泥带上炕了！"我和奶奶偷偷地笑着。

太阳出来了，瓦房上的雪在慢慢融化，房檐上亮亮的水滴答滴答地滴在青石台阶上，溅起了朵朵水花。冷风像刀子一样利，脸蛋被风吹得通红，小手冻得像红萝卜一样，有时耳朵也会冻烂。那时的冬啊，为什么那么冷呢！

那时天黑得早，家家户户在紫色的暮色里烧炕、做饭，滚滚浓烟笼罩着整个村庄,夹杂着草木味的醋香、饭香到处弥漫。喝完汤大家就早早睡下了,夜里的声音仿佛只有鸡鸣和偶尔的狗吠声。哦!忘了,夜里下雪时还能听到雪花落下时的天籁之音,在梦里大家早早迎接新年,迎接春天!

我怀念那时的雪、思念那时的人,还有我的小村庄及雪地上深深的脚印!

冬

　　北方的冬天才算真正意义上的冬天，冰封大地的时候冬天才算真的来了。

　　凛冽的风刀子般刮过，田边、河滩里的荒草瑟瑟发抖，落光叶子的树把黑色的枝丫伸向天空，仿佛屈原问天的手！城市中除过星星点点的四季常青的绿植还在坚守着，其他事物都笼罩在灰色中，生硬呆板，毫无生机！人们穿着笨拙的棉衣，如企鹅般移动，汽车贼一般地来回穿着。

　　清亮的渭河一路向东流着，两岸的荒草和树木已被推土机全部清除，整个河滩被清理的像一个大型开发项目的施工工地，褐色的土地裸露，丑陋无比，不知留下过冬的野鸭去了何方？几千年前《诗经》中的三百多首诗歌，已无法在发源地重唱！

　　还是上原吧！绿色麦田一望无际，白色的道路向四周延伸，朝阳在冉冉升起，轻纱般的紫雾在慢慢退去，村庄散落在远方。没有了绿色衬托，村舍楼房白色的瓷砖有点晃眼，冰冷的风阵阵袭来，白色的气雾从口鼻呼出，迎着金色的阳光，望着袅袅升起的炊烟，闻着那魂牵梦绕的气息，我热泪盈眶！

　　朝阳如金子般洒下，我长长的影子映在白色的土路上，举目四望，我猛然想起了前一段因为环保发生在家乡的事儿——灶眼门全部封堵，不让烧柴，有一个老太太点燃了一堆树叶，被几十个执法人员围困，最终被罚五百元收场。不知道老人家后来是否安好！还好，最近中央对环保一刀切的武断行为提出批评，又让几千年的烟火再次升起，农民又回到了热炕上，我想这应是今冬最温暖的事吧！

遥望巍巍秦岭、皑皑白雪，我仿佛看到，那横跨中华大地的巨龙在飞舞腾起，诗意荡漾……

雪　花

昨夜梦里轻盈的精灵，终于飞舞在现实里，千万朵洁白的雪花旋转而下，雪花在墨绿的松针上舞蹈，最终落在大地、山川上，仿佛要将这人间苦闷的日子连同这灰色的季节全部掩埋。人们从内心喜悦起来，仿佛每朵雪花里都有一个浪漫的爱情故事，每份圣洁都是一句祝福的话！

不管是季节还是人生，到了冬季，冷会从四面八方涌来，会从心底泛起，渐渐地把温暖掠夺，一切色彩都失去了纯度，这个时刻世界和生灵都需要一份安慰或一次宣泄。这安慰或宣泄便是一场纷纷扬扬的大雪，当大地的污浊被白色包裹起来时，一切变得圣洁，虽然脸颊冰凉，指尖冰凉，但内心的温暖一定会袅袅升起，如故乡升起的炊烟！

雪花是冬季里开得最美的花，在苦闷季节的桎梏里催生着希望，滋润着万物，那融化后的晶莹水滴，每一滴都蕴藏着温情，也浸润着瑞雪兆丰年的祈盼。

雪花扑面，甘甜的雪水顺着嘴角滑向舌尖，最终流入心田。河水还没结冰，成群的野鸭在水中嬉戏觅食，忽而潜入水下，忽而快速游弋，泛起的层层涟漪如少女的笑靥在荡开，荡开……

紫雾还在远处升腾，我已陪着雪花起舞……

雪 祭

纷纷扬扬的雪,到了夜里才铺天盖地,惊得初春的生灵六神无主,不敢吱声。

明日是父亲的三七,今夜我伴着洁白的雪,无眠。迎着漫天的雪花,我仿佛在遥远的深蓝里看见父亲用慈祥的目光在默默注视着我,漫天湿漉漉的情飘向心间。我忆起了我的童年、少年、青年,我忆起了我成长时父亲关爱我的每个细节,那曾经的过往在泪光中竟如此清晰鲜活。哦,父亲!您能否再给我一个拥抱?

大地的洁白哟,你吞下了多少人间的苦涩?条条褐色的路哟,你把无尽的思念带向何方?

雨

一场跨越两季的雨还在下个不停，似乎不忍离开春季的爱又想进入夏季去成长。听说太白山下雪了，从照片上看白雪皑皑的山峦，让人心生向往。急剧下降的气温不影响时光的进程，倒是委屈了爱美的女人，她们刚上身的轻飘春装又要换成沉闷的毛衣，大街上也因此少了无数道亮丽的风景。

雨一直淅淅沥沥地下着，从窗外飘到心间，真的享受这一份宁静。浮躁的现实仿佛也沉静了许多，雨降下清爽的同时也让过分功利的社会放慢了脚步。虽然人们按季节规律在规划生活，但这不知是春雨，还是夏雨的天气会安抚五一节的狂欢，会让每个受伤的灵魂得到短暂地休息。

风是轻柔的，雨是轻柔的，在这花香渐逝，绿意盎然的时刻，鸟儿在葱茏的叶间，踩着毛茸茸的果实上蹿下跳地歌唱生活，每一棵树下过往的生灵都会驻足聆听，让温润的雨点飞溅心田，化解这人间的苦涩！

也许这场雨毫无意义，也没那么多心思，只是多情的人儿赋予她情意，失意者会听到春的哭泣，功利者会感受到夏的热情，但雨点会把每个人的心思猜透，让该哭的哭，该笑的笑，让醒着的醉了，让醉了的在梦中垂钓！

灰色的楼房被紫雾包裹，放眼望去，世界真的很小，我只能看见油亮的绿意,听见每滴雨的心语,我不敢加快脚步,因为怕错过这春夏交替时留给我的美妙间隙!

武都的早晨

清亮的鸟鸣和着轻微的蝉声,叫醒了武都的早晨。东方金色的云朵在飞动,四周黑色的山脊将那无数的高楼、民房、道路、桥梁拥在怀中,像个无言深情的母亲,包容着一切苦难与欢欣!无数朵白云盘绕着一座座山头,它们轻轻淡淡、悠悠荡荡地飘动,似母亲的白发;白龙江的涛声似父亲的低吟,和波光一起前行。

农家的鸡已声声打鸣,应该也打搅了沉睡的人们的梦境。白龙江公园里已有人们锻炼的身影,悠扬的音乐声又飘来了,生命的活力即将舞动这古朴而崭新的武都!

头顶的天空越来越明亮,空中飞起了羊群般的云,鸟儿忽高忽低地穿梭其中,搅动着云的梦云的情!山也慢慢变得清朗、翠绿起来。柔柔的夏风扑面而来,一缕缕金色的霞光透过云层的间隙喷薄而出,那流动的金光涂满了树木、道路,也涂抹着人们的笑声!

山城已醒来,机车声、犬吠声、歌声交相呼应,此起彼伏!武都,武都又要沸腾!

路

　　人生有无数条路等着我们去走，不管是脚下的，还是心头的，都会充满现实的艰辛和未知的迷茫。多数时间人们会在前人行走过的痕迹中行走，但有时必须自己闯出一条路。每个人的路都不尽相同，经历也会千差万别，每条路都会有尽头，只要生存着就必须前行，必须义无反顾、勇往直前，这也许就是生命的意义！

　　虽然每条路的终点都是未知的，路途上有泥泞，也有艰难，但路过的风景：流云、朝阳、晚霞、明月，都会触及每个灵魂，会深深烙成幸福的模样保存心间。没有人能预知未来路，也无须知晓，因为每个人都会为亲情、爱情，为实现自己的价值奋勇前行！

　　路就在脚下，只能一步步前行，慢有慢的好处，快有快的办法，但冷暖自知，无人能替代。走不远不一定是坏事，跑得远未必是好事。

　　"其实地上本没有路，走的人多了，也便成了路。"这是鲁迅《故乡》里的话，每个人的路都是自己走出来的，一直走下去，也许幸福的花就开在前头！

我的七夕节

今早,还在梦乡的我,被蝉鸣吵醒,看表才五点多,窗外天色微亮,有一只知了拼命地叫着,我从来没注意这小小的虫儿能发出如此巨大的声响,真是让人烦躁极了!我顺手抓起枕边的打火机扔了出去,知了似乎停顿了一下,又叫了一声飞走了。我却没了一丝睡意,坐在窗前,望着还未醒来的人间,蝉鸣夹杂着清丽的鸟鸣,世界竟如此祥和。清新的风一浪一浪地涌进了房间,我愈发清醒,忽而竟后悔起来!这么高的楼,这只蝉能这么早对我歌唱,说不定前世和我有缘,说不定它想告诉我大自然的什么秘密……

今天是七夕节,中国的情人节,朋友圈里的少男少女们和爱情不死的中年朋友们都发着祝福信息!大街上的玫瑰花也一束束飘过,仿佛平日里大家都把爱情遗忘了,今天才又记起,我哑然失笑,自言自语,原来牛郎织女都在人间藏着!

下午,到了单位,好几位美女开玩笑向我要情人节礼物,我既羞涩又尴尬,送吧,不对!不送吧,也不对!干脆溜之大吉,回家看月亮!

关中男人对爱的表达都非常含蓄,不管是对亲人也好,对情人也罢,说个"爱"字真的很难,很少用旗帜鲜明的浪漫来表示!就像我很少送花给别人,除非去医院看病人!

夜色渐深,银月如钩挂天边。院子里坐满了纳凉的人,稍大的孩子们疯跑着玩,渐浓的凉意又被他们给搅热了!

回家坐在窗前,月亮已绕过东楼偏向西天,星光忽明忽暗点缀着深蓝色的天幕,万家灯火远远近近地散落在窗前。夏天在悄悄离去,虫儿已迫不及待地歌唱秋天。

夜已深,楼下空无一人,大地安静了许多,除过隐隐的车流声,夜色被虫儿的叫声填满。我仰望星空,希望见证鹊桥上牛郎织女的相拥,希望听见他们一往情深的对话。我想,如果每个人都能静下心,逃离现实的深渊,也许都能看得很真,听得很清!这就是我的七夕,在这撩人的夜色里度过,告别夏天,迎接秋天!

兰 草

下午，我坐在办公室的沙发上看书，忽然，一缕淡淡的香气扑入鼻中，那香沁人心脾。我很是惊讶，闻香寻去，才惊喜地发现茶几上的兰草开花了，花朵太小，只能看见五朵星星点点的黄花探出了绿叶丛中。每朵小黄花外面都有五片一两厘米长，向外翻张的细叶护卫着。我忙开灯去细观，小米般大的花蕊被紫色包裹，一片花瓣向下卷曲着，极像狗舌。花瓣两边，密布十几个针尖般大小的紫色斑点。站在花前，那香味如轻丝飘在风中，阵阵扑面。

这盆兰草是去年冬天我的公司乔迁时西安朋友赠送的，当时还送了好几盆蝴蝶兰。我对花是个外行，只觉得蝴蝶兰满目惊艳，兰草高贵雅致。兰草送来时也开着花，一直在案头放着，可能是我太勤快了，天天浇水，没几天花就落光了，蝴蝶兰坚持了一个月也只剩下秆秆。后来我把兰草移放到茶几上，让财务人员帮忙照看，时间长了似乎忘了它的存在。现在兰草的叶尖虽然已有点枯黄，但叶子依旧碧绿舒展，可能那惊艳高贵的香，从今冬起会印在我的记忆里再也不会遗忘了！

窗外北风呼呼，望着那一盆绿意，嗅着那悠悠的兰香，我温暖了许多！

指甲花

母亲一辈子爱花,也爱种花,花当然种在院子墙角、土地堂前、水井边的空闲地。有花期很长的刺瑰花,有色彩艳丽的菊花,有花儿肥硕的芍药花,当然,还有必不可少的指甲花。别的花只能观其美,唯指甲花实用!

一到春秋两季,我们家院子就像个花园,几乎所有的花儿都憋在这两个季节绽放,龙爪般的黄菊,白的、粉的、红的刺瑰,硕大肥厚的芍药……花香引来了群群蜜蜂和漂亮的放羊娃(七星瓢虫),丝瓜的藤蔓顺着楼梯爬到了二楼,十几个长长的丝瓜吊在茂密的叶子间,风儿吹来阵阵花香,绿影飞动,竟让我忘却了少年时期成长的烦恼!

指甲花是最矮小的,但它却是母亲和两个妹妹最关注的,因为指甲花开了就可以染指甲了,这是她们最开心的事情!

指甲花的茎秆是红色的,花儿的颜色却多样,当粉的、白的、红的、紫的指甲盖大小的蝉翼般的花瓣全部展开时,母亲便让我去崖边的楮树上摘叶子,我虽然不大愿意但还是去了,因为楮桃也是那个时候我的美食之一。

崖背上长满了楮树,浓密的叶子间结满了串串楮桃,楮桃上满是鲜红的果刺,刺尖内的果浆甜甜的,不能咽下肚,只能吮吸,那种甜甜的味道和苞谷秆的甜味让我终生难以忘怀!直到吸得舌头都麻木了,夕阳的光晕即将退去,我才匆匆摘了两把叶子回家。到家时母亲已把指甲花的茎、叶和花捣成泥，两个妹妹早早吃了晚饭，洗干净手脚等着染指甲。母亲把花泥轻轻敷在她们的指甲上，用楮桃叶包住，再用线给扎上。看着她们满手满脚的叶子，我常会取笑她们像狗熊，她们太兴奋了，也就不生气。她们小心翼翼地钻进被窝，生怕弄掉，我还吓唬她们千万别放屁，要不然染了的指甲会有臭味。有时母亲也会叫我染，但我只染脚指甲，因为怕第二天被小伙伴们嘲笑。

第二天天还未亮，妹妹们就醒来了，她们坐在炕上不动，偷偷在哭。我听见母亲笑着说："两个瓜女子呀，怎么都尿炕了呢？"妹妹们更委屈了，哭声更大。原来她们怕弄掉手脚上的指甲花，憋了一晚上没尿，再加上太兴奋睡不着，就尿炕了。那时我太开心了，终于又抓到了她们的把柄。染指甲花时也会把手指蛋染红，染到色的地方要半个多月才能退去，指甲上的鲜红虽只能保持两个月，但那记忆却可以让人保存一辈子！

虽然后来没人再染指甲花了，但母亲在世时还年年种，也许她老人家留恋那指甲花盛开的时光，留恋那虽贫困却开心的生活吧！

时　光

　　时间总是在不知不觉中悄悄溜走，我们也不停地和下一秒道别，一秒秒的时间便累积成了一天，一年，一生。细碎的时间会被平淡如水的现实放逐。仿佛自己一直都没变，老去的一直是别人，当和某个熟悉的人多年不见，再次重逢时才会在别人的沧桑中发现自己流逝的岁月。特别是三十而立后，看见了多年未见已高过自己的晚辈，他们称呼你时你会大吃一惊，然后，扪心自问时间到底去哪了？

　　小时候的时间是按天过，成家立业后的时间是按年过，有了孩子后，时间会以三五年为单位一晃而过，当孩子成人后，时间更是转瞬即逝！眨眼间，霜花落入鬓角，岁月刻在额头！时间不会留恋任何生命，因为它一直向前，把一切苦涩或甘甜的记忆抛之脑后，又把一个个美好的希望播种在你的欲望里，让你不由自主地前行。偶尔静下来回头看自己逝去的年华，体味身边发生过的生老病死，思考钱财名利时，才发现一切的一切都是过眼云烟！感叹后又被现实裹挟，不得不继续勇往直前！

　　时间对每个人都是公平的，不论是达官贵胄，还是平民百姓；不论是文人墨客，还是乞丐流民……每个人都在同一个时间维度下生存，只是寿命长短各有不同，有天意也有自作为的原因，很公平！

某些时间节点会因为大事件而保存在记忆里,就像保存酒一样,时间会慢慢把苦涩糖化,留下来的都是清香甘纯的美好!

时光如白驹过隙,眨眼间又在另一个维度的空间。珍惜时间的唯一办法是把握当下,对过去的事别再纠结,努力使生命的宽度达到极限!

蛐　蛐

虽然住在城市的高楼上,但夜晚蛐蛐的鸣叫声依然清晰入耳。透过窗,遥望弯月,思绪总是回到童年的家乡,眼前一望无际的玉米地伴着蛐蛐的叫声在哗哗翻浪。

小时候放暑假没多少作业,最主要的任务就是拔猪草。吃过午饭,我和小伙伴们就三五成群地钻进玉米地去拔猪最爱吃的单蔓花、嫩刺茄,我们几乎是光着膀子爬着前行。当看见一朵朵喇叭样的紫色单蔓花,就挣着去抢,拔累了就找新鲜的玉米秆当甘蔗吃,味道甜滋滋的,运气好还会碰上野生甜瓜。我们拔完一笼草就欢天喜地地去水库耍水,以前几乎每个村都有小水库,田旱了村上就抽水浇地,平时也没人管理,因此一到夏季,水库就成了我们的天堂。那时我们也不知道泳衣是什么,全都光溜溜地下水,会游泳的都是狗刨式,不会游泳的抓住水边草打水花玩。偶尔还能抓条鱼或老鳖,但不敢拿回家。原因有二:一是怕家人知道耍水要挨打;二是那时农村人不吃鱼鳖,怕腥味,也没人会做,所以只好玩一会儿扔掉。我们玩累了就躺在草地上看天,那时的天真蓝,白晃晃的云朵悠悠地飘。旁边的蛐蛐在叫,鸟儿叽叽喳喳地在树上嬉闹,我们迷迷糊糊就睡着了,醒来时天已快黑了,急忙穿裤子上沟回家。

暮色中到处是蛐蛐的叫声,人惊一下,它们就停一下然后又叫。那时最怕遇见狼,虽然没亲眼见过,但听老人经常讲狼呀、鬼呀的故事,大家心里都怕。我们小跑着穿过一片又一片玉米地,到村口时才发现猪草丢得只剩一点点,没办法就找点小树棍把草撑起来,不细看还以为满满的一笼子。一进家门直奔猪圈倒草,母亲问拔了多少草,我会说拔得多,母亲有时去猪圈里看,我就扯谎说今天草香,猪吃得快!喂完猪,母亲就把调好的干面端给我吃,吃完饭坐在院子里望着明明亮亮的星儿和月亮,总盼望自己快点长大……

窗外月已上西楼,蛐蛐还在叫着,但故乡已远去……

年　味

随着年龄增长，小时候年的记忆越来越鲜亮深刻，现在的年味反倒平淡无趣了！

小时候经常听长辈讲："娃娃爱过年，老人怕花钱。"那时不理解，但随着岁月的磨砺，慢慢体会到生活的不易，可年的美好却永远定格在的记忆里。

那时还没有分产到户，还是集体所有制，按劳分配。腊月二十三，生产队便开始杀猪、淋粉条、做豆腐，这是村子里最重大最快乐的事情。全村的男女老少都喜气洋洋，当然，最开心的还是我们小孩子，因为在那时大肉和粉条是世界上最好吃的东西！

杀猪的当天早上，全村的人几乎都会赶到养猪场，队长一声令下，十几个壮汉便冲进猪圈。几番围堵之后，提脚，抓耳，拽尾巴，"大老黑"便被抬上了杀猪桌，请来的杀猪匠口中念念有词，长长的杀猪刀寒光闪闪，刀从猪的脖颈斜下方捅进去，猪惨叫挣扎着，一股股冒着热气的鲜血喷涌而出，血全滴在了地上的脸盆里，盆边有一个人在不停地用大勺搅血，怕猪血凝结了不好吃。等猪没了动静，便扔进早就热浪翻滚的大黑锅里，反复烫洗后，提猪上案板，开始刮毛、拔毛。不一会儿大老黑被处理得白亮白亮的。有的长辈还指着它给晚辈说："狗娃，长大了给你娶这么白个媳妇咋样？你看还是个穿皮衣的！"受了撩逗的年轻人羞红了脸，嘴里嘟囔着不满！

等猪挂上了架，杀猪匠的表演便开始了。他用刀尖在猪背上切一小口，然后用力吹气。他鼓着眼，鼓着腮，满脸憋得通红，不一会儿奇迹发生了，整个猪越来越膨胀，四条腿都支棱了起来。刮干净猪皮褶皱里的毛，便开膛破肚取五脏。开膛后杀猪匠会问在场的老者："谁来一口热乎的？好东西呀！"有人答声，他便取最肥的一小绺板油递过去，老者双手接过，扬头伸脖生吞下肚，据说这板油能治哮喘。下来根据劳力工分的多少按斤分配，我家只有娘一个劳力，每年只能分一小绺板油，但我还是满心欢喜地提回家，再跑回杀猪场。因为猪血不平均分配，只有参与杀猪者有权分享，叔叔伯伯给我一小碗，我捧在手心，慢慢地舔食，那时我认为猪血是世界上最好吃的东西了！

杀猪分肉的第二天是腊月二十四，是村里淋粉条的日子。

场子设在饲养室的院子里，院子北面有一孔大窑洞。窑门口盘了个大土炕，窑后面是两排牛圈，南边的大房是放农具的地方，这两间房是当时全村最豪华的建筑了。南北中间有数百平方米的场地，平时是饮牛、停牛车的地方，但每逢腊月二十四便打扫得干干净净，用来淋粉条支晾架，到这天靠西边的土墙根架起口径两米的大铁锅，锅下面燃烧得吱吱叫的木材冒着黑烟，锅里早已翻起了白浪。

请来的粉匠是邻村的段师傅，但大家都叫他老猴，我当时很不解，后来随着心智的成熟，猜想，可能是因为他人精灵、动作麻利，所以大家才给他起的这个绰号吧！老猴真的很麻利，他高挑个子，水蛇腰，穿得清清爽爽，人看上去精精瘦瘦，听说他家成分高，他上过私塾，有些文化。

当队长指挥着把一盆盆奶白色的红薯粉浆摆放整齐时，蹲着抽旱烟的老猴扔掉烟锅，忽地蹿上锅前的土台子，左手执着漏勺，两眼放光，锅里的雾气萦绕着他，衬托得他像神人一样。"上粉啦——"他一声清脆的命令，打下手的壮汉，将生粉汤一勺一勺倒进他的漏勺里。他右手上下翻飞，手背有节奏地打在粉汤上，细细的粉丝从漏勺中不断流进滚水，一勺勺不停，一条条翻动。他对面的人用长筷子，不断地从锅里把熟了的粉条捞出搭在一根根木棍上，一根搭满了，扯断粉条，再换下一根。闪着银光的热气腾腾的粉条便被架到了早已搭好的支架上，那时的天非常冷，不一会儿，挂起的粉条便冻硬了，明光发亮。

这一天，院子的大门会关闭，小孩子只能从门缝朝里看。火热的场面，浓浓的香味使我们盼着早早长大，也能进入门里。可能是太馋了，有一年我和好友保仓从门缝钻了进去，想乘着乱劲儿偷点粉条吃。

我们溜进院子，听见围着锅边的笑声一浪高过一浪，老猴的表演层出不穷，大家齐喊："老猴唱一个、来一个！"老猴抖抖腿像着魔一样亮开了嗓门："一打你脸，二打你胸，三打屁股小亲亲……"那细亮、俏皮的调调点燃了整个院落。

我们俩听不懂，抓了把粉条就跑，没想到粉条已冻硬，一拉一架的粉条哗啦一声全倒了,众人回头,个个怒气冲天,吓得我们俩拉开门就跑,副队长追上来一人打了两木棍,头上起了包也不敢哭,只能暗地叫苦。第二天娘让我去队保管室分粉条,我不敢去,只能远远地看着……

夜　遇

　　一路看着快圆满的月亮回家，心里充满了作诗的冲动，在亭下逗留了一会儿，竟毫无诗情流出，只好带着满世界的浪漫郁郁而归。准备开门上楼时，忽然，听见身后有动物呜呜的低鸣声，回头隐隐看见一只毛茸茸的小狗跟在身后。怜爱之心陡起，我俯下身唤它，它怯怯地来到我脚下，满眼的惊恐不安。我摸摸它圆圆的脑袋，它静静地趴着，瞪着又黑又明亮的眼睛看着我，仿佛和我似曾相识的样子，勾起了我的情！

　　我是坚决反对养宠物的，儿子从小很爱小动物，结婚后还养着两只狗，一只叫金毛，一只叫能能。我很反感，可多次反对也无效。儿子宁可少穿、少吃，也要每月花近千元给狗，我虽不能理解，但也只能默许。后来，能能在一次外出时跑丢了，儿子和儿媳哭了好多天，他们疯了似的在找，竟然还在网上发照片重金寻狗，终没结果。据说宠物身上的寄生虫对孕妇有危害，儿媳快生孩子前，我实在无法忍受就和儿子翻脸，让他把金毛送走，要不然和他断绝来往，他和媳妇含泪把金毛送了人。最终我成了没有爱心的黑心爸爸！

　　其实，我也很爱小动物，但当我看见有的人给狗穿着衣服，比对亲人还亲时，我就从内心反感起来。父母病了，他们不管，狗病了，他们抱着去打吊瓶；父母冷了，他们不知，换季了他们会给狗加衣……想到这些，我真的很寒心生气。

此时，看到我脚下的小狗可爱的神情，我又为难起来，肯定是主人不小心丢了它，我只好带它回家。它真的很乖，食不吃，水不喝，只是静静地趴在我的床下，瞪眼看着我，和它对视时，我脑海中浮现出"缘分"一词。

小狗和我有缘是肯定的，也许是今生必然的遇见，否则它为何不去寻别人？为何今夜会伏在我的床下？但愿明天我能帮它找到主人！但愿它别被一直想拥有一只可爱小狗的女儿据为己有，那样，我的苦恼就不是善良能解决的了！

愿我好梦！愿狗狗也好梦吧！

仰　望

这两日，没敢写文章发朋友圈，因为我碰到了大文人。加了他的微信，我怕我的文章被他笑话，其实我知道他不会，但还是不敢发，因为我折服于他的才情。

初见蔡老师是今年的四月份，在北京老乡牛总的面馆里。蔡老师衣着朴素，人没架子，爱抽烟。我喝多了，给他神吹了一通，我知道他是个文人，在他说了几次我是个"嫽人"后，我对他的感觉亲切起来。我壮着胆子胡扯，他不但没生气，反倒安静地听我讲面文化，听我讲看过的仨瓜俩枣的书，听我讲一知半解的历史。他听得很认真，那晚我看他眼镜后面的眼神明亮。第二天，听朋友说他是北大教授，是新华社主任，是将军，当时房间里开着暖气，我竟羞得惊出一身冷汗！

通过两天的接触，聊的内容多了，我才真正知道什么是大家，他说的每一句话似乎都具有哲学内涵，都富有诗意。他说"岐山男人心里都是湿漉漉的"，这句话从昨天到今天我一直在咀嚼；他说《诗经》出在岐山，他说岐山人举手投足间都有诗意，岐山人的一颦一笑，跪在父母灵堂前的一腔哭声里都是诗。他讲了很多我没思考过的观点，我想能从不同角度看待问题，且看得透彻，这也许才是他最令我佩服的地方！他说有文化不在于你学了多少，如果你只是知道，而不付诸行动就等于没学问，最后他讲了一个亲身经历的事。他有一个做生意的老板朋友，这个朋友拍着胸脯说："哥哥我从来不说谎！"他说："我从来不和不说谎的人打交道，对敌人说谎就是英雄，说真话就是叛徒。谎话看给谁说，不说谎的人不一定是好人！"讲完，大家都笑了，我却被他的语言逻辑惊得不敢说话了，再不敢班门弄斧了！

看来还得少说，多听，多学，多问，多思考，以谦虚的态度面对人生，自身才可能提高进步！

万家灯火

深秋的夜色被霓虹灯点缀得五彩娆娆，秋天的萧瑟被掩饰起来，远处的树木依然茂盛葱茏，近处的枫叶在明亮炫目的路灯映照下火红烂漫。柳枝仿佛稀疏了很多，长矛般的芦苇刺向天空。凉凉的风吹来，一切在光影中摇曳，倒使人忘了秋悲，多了几分浪漫。透过枝叶的间隙看见河对面高楼上的霓虹和江水中的倒影融为一体，只是水中的色彩更艳丽，更活泛些。那红色如火，白色如冰，所有的颜色都随着水流微微颤动，妩媚动人！

从河堤下到岸边，一人高的野草已枯黄，偶尔还有秋虫鸣唱，它们唱的不是赞歌，而是离伤。看着河水潺潺流淌，微微的水波如时间一秒秒荡过。河对面的灯火在一盏一盏地熄灭，河水渐渐失去了活力，像一片凝脂淤积在河床里。一切浸在冰冷的黑色里，寂寞顷刻袭来，仿佛从天堂下到了地狱。"死亡"一词弥漫在整个空间，虚幻的假象和沉重的现实开着一个又一个并不好笑的玩笑！

不很圆满的月亮已上高天，空中没有星星，天色灰蓝，马路上车流不息，高楼里的人们已沉沉睡去……

故 乡

随着年龄的增长，才慢慢品出了故乡的味道。

年轻时觉得故乡就是个地名，我在哪里出生、成长，哪里就是母亲父亲在的地方。当去过了很多的异地他乡，经历了人生的起起伏伏，才知道故乡一词内在的分量。

故乡是祖祖辈辈用血脉传承，用浓情浸泡，无可替代的终生魂牵梦萦的地方！

无论走到哪里，每每看到田地的景象，看见埂畔堤边的野花野草就莫名地激动。长大后，才明白故乡是娘的怀抱，是小脚奶奶追我时的模样，是苞谷糁就着萝卜丝的香，是夏收时的紧张繁忙，是秋田里拔猪草时呼呼刮过的风，是夜晚撒尿时看到的月亮，是为偷吃西瓜让山东瓜客用扫帚打出的伤，是课桌上画的三八线，是母亲揍我时的汪汪眼泪，是雨里雪里撒欢无拘无束的狂，是把水桶掉进井里的荒唐，是少年时期的迷茫，是一步步走出村庄路的漫长，是长大后对现实的回望……

是啊！风吹雨打不湿时光，但岁月会越来越沧桑。每个人的故乡都是生动的、立体的，像电影一样，有情节，有真情，有一声声欢笑，也有一次次悲伤。娃娃在延续香火，香火里有一代代人寄予的希望。看着那田野里变化的绿黄，踏着黄土地，提着礼物归来，也许娘还站在村口等你归乡！

选 择

　　人的学识、阅历和思考将决定思想的高度，但所有的失败和不如意都和选择有关。

　　走的路多了，就知道条条道路通罗马，就知道不同的路上有不一样的风景。你也是风景中的风景，慢慢地会明白人生大多数时候，享受沿途的美景比追寻目标更重要！

　　学识是指学术上的知识和修养，可分为书本知识和社会知识。学习书本知识可用前人的智慧武装自己，学习社会知识则需要将多年的亲身体验与积淀感悟自己总结。

　　思考最为重要。只有通过思考才能把阅历经见，把学习到的知识提炼浓缩，再内化到骨子里。选择的方向和你经历后、学习思考后拥有的三观密不可分，幸福与否是从表面无法判断的，只能问自己的内心。

　　每个人都有自己的生活和思维方式，一旦固定成型，没有重大的冲击性事件，是很难改变的。所以，你选择什么样的生活，选择和谁在一起将决定你的人生是否幸福。

　　"舍"是人最难过的关，如果站在不同的角度看待问题，站在社会及他人立场思考问题，那么所选方向的正确率会越高。

　　人是在一步步选择中成长的，内心的感受其实远远大于选择的目的，为了不枉来世间一场请谨慎地选择！

生存随感

人都是被现实磨炼出来的，没有经历苦难的幸福只会昙花一现。你现在的个性是被现实重塑的结果，不管你是更完美，还是更糟糕，大都是由后天因素决定的，后天因素就是你从小到大的成长环境、所接触的人，以及所受的教育对你的影响。不管什么样的结果，你都必须接受。如果你不屈服命运的安排，想极力改变，那你必须有顽强的毅力，坚韧不拔的气概，吃苦耐劳的精神，才有可能变成你想要的模样。所有的改变都是以内需为主导，自己只能改变自己，改变了自己就改变了世界，你是无法改变别人的！在人生的道路上，苦难是你最好的导师！有诗云：自古英雄出炼狱，从来富贵入凡尘。

孟子名篇《生于忧患，死于安乐》曰："故天将降大任于斯人也，必先苦其心志，劳其筋骨，饿其体肤，空乏其身，行拂乱其所为，所以动心忍性，曾益其所不能。"相由心生，你的面貌，是你心相的显示，只能通过由内而外地改变，最终才能得到你想要的幸福，只有忧患长存，才能得到安乐的结局。

承担社会、家庭的责任，存留良善勤奋的本真，努力学习思考，提高情商智商，在苦难中砥砺前行，坚强到有泪不轻流，勇敢到用广博的胸怀容纳一切不顺，幸福的大门最终会向你敞开！

人生不可能尽善尽美，曾文正公有名言：求阙惜福。只有取舍得当，适度而止，用美好平稳的心态面对人生，生命的花朵才会永葆青春！

祝福为梦想而努力奋斗的人！

广州情思

来过广州四次了,前三次来,都是为生计而奔波,匆匆忙忙。当时对广州印象一般,只觉得人多、钱多、楼高、晴天少。

这次为帮朋友忙而来,少了功利,心态淡然了许多,自然会细细品味广州,情趣也无限滋生。

水和绿色、高楼和夜景是广州最大的特色吧,这里四季温暖,现在是隆冬时节,北方已是天寒地冻,这里才微有秋意。潮湿清爽的风扑面而来,到处绿意颤动,让初来乍到还穿着皮衣棉袄的北方人无所适从,于是他们匆忙换上秋装,恍若在秋风中行走,不禁感叹起南北的不同来!珠江蜿蜒迂回,没有尽头,在波光粼粼、浪花拍岸的江边漫步,每个人的内心都会涌起无限的情愫!

当夜被五彩的霓虹点亮,生硬的高楼便尽现妩媚,碧绿的江水也温婉多情。走在绿荫下的游子,坐在江边的小情侣们卸下生活的艰辛,变得浪漫温柔起来,仿佛怕惊了这五彩的梦境!

夜生活刚刚开始,到处是人头攒动,人潮涌动。处处灯火通明,仿佛有走不完的路,花不完的钱,吃不完的饭,喝不完的酒,更有说不完的心里话和交不完的好朋友。夜从现实开始慢慢进入梦中。珠江上游轮的汽笛鸣响,惊得孑然一身的海鸥飞向蓝色的寂寞天空,它是否也会嫉妒这天堂般的人间——广州!

寂　寞

　　人到了陌生的异地，最容易产生寂寞，没有了人事的牵绊就必须静下来面对寂寞。寂寞是一种孤单冷清的感受。在这种情绪中，对亲人的思念占绝大部分，剩下的才是对环境、人文、饮食的不适应。有时产生这种情绪也挺好，它能让人更深刻地思考从来没有想过的问题，使思维清晰而连续。

　　一个人走在不知名的大街上，到处是陌生的气息和陌生的面孔，一盏盏夜灯，似乎是心底闪烁的一个个寂寞。江水涟漪层层漫卷，但内心平静，走在空空荡荡的路上，寂寞伴着夜色越来越浓！

　　记得小时候放暑假，我大概八九岁吧，娘把我送到舅舅家，一个星期后的晚饭时间，我不想吃，妗子问我："狗娃你咋啦？"我哇的一声哭了，长大了我才明白那是因为寂寞。

　　思念的情绪伴着成长的过程越发复杂，寂寞的理由也由外在转移到内在。在与命运的抗争中寂寞变得更加鲜明。但随着年龄的叠加，在寂寞中会慢慢品味出幽幽兰香的高洁。有时，静静傻傻地仰望星月，直面荒野，反而是一种享受！其实有时候什么也不想，似乎心里的寂寞才会轻轻飘远！

　　霓虹把夜色浸染得五彩缤纷，我坐在幽暗的江边，在寂寞里思念亲人……

感 怀

今天正月十一了,年味已寡淡得和普通的日子没有区别,烟花绽放过的天空越发寂寞。天一直半阴半晴,残雾朦胧,企盼明朗的阳光照耀大地!

春节过完了,春天还在路上,一年的生活才真正开始,每个人又沿着心中的路艰难前行,又要为生存而奔忙,又要在情情爱爱中欢呼或悲鸣,又要去经历生离死别!得意的嚣张,失意的悲伤。

顺着家乡崎岖的小路向前,我们每个人都背井离乡。记忆里的袅袅炊烟,鸟语花香,欢声笑语,时时在心里回荡!那时的年单纯得像理想,那时的美好没有夹杂太多的欲望。时光在飞逝,时代在变化,飘在空中的我们把多少美好遗忘在来时的路上?

路上的车辆又在奔向四面八方,大街上少了前几日的熙熙攘攘,老人们又出来晒他们永远晒不完的太阳,不知正月十五的团圆日是否还会有过年的景象?

天晴了,喜鹊的叫声传来,似乎在传递生命的力量,金子般的阳光带来春天的希望!

阳　台

我的卧室有一个五平方米的阳台，搬家时将新购置的一对红木椅和一个五边形茶几放在阳台上。卖家说木材属非洲红木类，掂起来确实很沉，质地如铁。家具质量很好，用了三年多了没有任何变形。我经常幻想这些木头还是树木时在原始森林中的模样，它们枝繁叶茂，树身粗壮，树冠遮天，各式的昆虫、鸟类在它们的枝叶里一代代繁衍生息。当夜深人静，世界沉寂，我抚摸着光滑的椅背，仿佛能听到绿叶海浪般漫卷的声音，鸟儿灵魂般的歌唱，也能感受到阳光穿越在叶间的灵动！

阳台是五边形落地式，数字五也符合我的喜好，不知建筑师是否也加入了易理的五行概念。我的房子在九楼，站在阳台上观望，视野很开阔，院落的四分之三尽收眼底，正南方在四座楼中间有四十余米的空间，向南眺望，冯家原的植被历历在目，秦岭山峦横卧，冬季山巅的雪色很是迷人！

阳台应该是房子最具灵性和最有温情的地方吧！当清晨拉开阳台上窗帘迎接第一缕阳光，拥抱世界的时候，我心怀感恩，美好的感觉也在升腾；当夜里灯火阑珊，我卸去一天的疲惫，被深蓝的天空，明亮的星月爱抚的时候，我更会珍惜生命的馈赠。

有时我会在柔和的光线下坐在阳台的红木椅上看闲书，

更多的时候是愣愣地发呆，发呆的时段是美妙的，常常会想起童年、故乡、娘。当细雨蒙蒙，雪花漫天时，情思更加浓烈。

我很迷恋我的阳台，烦心的时候，累的时候，它就成了我的世外桃源。在这里我会平复心情，会成长，更会找到我来时的路！

珍　惜

人真的很奇怪，在一个地方待久了，渐渐就少了新鲜感，会生出厌烦，这个烦是现实的人和事蒙住了自己的慧眼，是忽略身边的美好才滋生出来的。人变得麻木僵硬，就如在地狱行走，人间天堂在每个人内心中开满鲜花的地方隐藏着，等待着你用真、善、美去探寻。

当清爽的习习秋风，繁星点点的夜空，飘飘荡荡的白云，满面春风的笑脸，含情脉脉的眼神都不能融化你、感动你时，亲爱的，你已经完全陷入生活的泥潭里无法自拔，一切不幸都会慢慢降临。

生活的不易、现实的残酷对每个人都一样，不同的是各自内心的追求。其实忙忙碌碌的生活中也会有诗和远方，只是你忘了初心，找不到自己灵魂的归宿。

人只有在失去后，才知道珍惜。好多美好幸福是用回忆来完成的，会怀念曾经忽略的每一个细节。回头看那独有的风景，那些亲切的人，那音符般的一串串往事，也许你会感动到热泪盈眶。

珍惜将要逝去的每一分一秒，珍藏回忆中的幸福，去现实中寻找诗和远方……